目次

今宵、彼は紳士の仮面を外す　5

書き下ろし番外編
永遠の誓い　327

今宵、彼は紳士の仮面を外す

プロローグ

「お疲れ様でした、失礼します」

週に一度のノー残業デーの水曜日、朝来陽菜は終業時刻ぴったりに席を立ち、エレベーターホールに急ぐ。

到着したエレベーターにさっと乗り込み、ちらりと腕時計に視線を落とす。

午後五時三分。

（これなら、間に合いそう）

毎週水曜日。それは陽菜にとって特別な日だ。

バス通勤の彼女は、会社最寄りのバス停に立つと、やって来たバスに足取りも軽く乗った。

二月半ばの柔らかい夕暮れの中、一つ先のバス停にバスが停車する。すぐに陽菜と同じような仕事終わりの男女や学生たちが乗り込んできた。

毎日、変わらない光景。でも水曜日だけは、違う。

――あの人だ。

ＯＬに次いでスーツ姿の若い男性が現れる。

その人を見つけた瞬間、バッグを握る陽菜の手にきゅっと力がこもった。

男性の年齢はおそらく二十代前半。新社会人ではなさそうだが、二十八歳の陽菜よりは年下だろう。

柔らかな黒髪に茶色がかったアーモンド色の目。形の良い眉も、すっと通った鼻筋も、驚くほど整っている。その上、彼を取り巻く雰囲気は柔らかい。

優しそうな顔立ちだから、というのはきっとある。

でも陽菜は、名前も年齢も知らないその人が、見た目だけではなく中身もとても優しい人だということを知っていた。

彼は、入り口付近の空いていた席に座ると、バッグから取り出した文庫本を読み始める。けれど、次のバス停に到着する少し前に本をしまう。そして扉が開く直前に立ち上がり、さりげなく席を空けるのだ。

空いたその席に座るのは、決まって大きくお腹の膨らんだ女性だった。

今日も彼女は、愛おしそうに両手をお腹に添えて、バスに揺られる。

そして先ほどまでその席に座っていた彼は、何事もなかったように立っていた。

――初めは、偶然だと思った。

しかし、二回、三回と同じことが続き、彼のその行動が意図的なものだと察する。彼の親切をきっと女性は知らない。そんなさりげない気遣いが素敵だと陽菜は思っていた。

彼に会えるのは水曜日のこの時間のバスだけ……

だから、水曜日は陽菜にとって特別な日なのだった。

1

『あんたほど見た目と中身にギャップがある女は、いないわよね。ある意味詐欺よ、詐欺。男に訴えられないように気を付けなさい』

それは、陽菜の親友、佐倉胡桃（さくらくるみ）の言（げん）である。

詐欺なんてとんでもないと思うものの、陽菜は何も言い返すことができなかった。

たしかに陽菜は、名前こそ可憐（かれん）だけれど、お世辞にも可愛らしい外見はしていない。中高とバレーボール部に所属していたせいか、身長は百七十センチと女性にしては随分と高めだ。ヒールを履（は）けば男性の背を越してしまうこともしばしばある。週の半分はジムに通っているため、体に女性的な柔らかさがほとんどない。

さらに目鼻立ちがはっきりしているほうなので、世間一般では美人の部類に入るとも言われるが、かなり「キツイ」見た目だ。

ならばせめて、雰囲気だけでも柔らかくできないだろうかと、大学入学を機に初めてメイクを試し、「ゆるふわ系」を目指した。けれど、『あんたに可愛い系は似合わない』と胡桃に一刀両断されてしまったのだ。

代わりにと、ファッションセンスに優れた彼女は、陽菜に「綺麗系」メイクを教えてくれた。髪は一度も染めたことがなく、肩のあたりで切りそろえている。

以来、陽菜の見た目が「可愛らしく」なったことは一度もない。

――そんな中、「女王様事件」が起こった。

大学一年生の時、陽菜は学園祭のミスコンにエントリーされてしまったのだ。

自分の知らないところで申し込まれたため一度は辞退したのだが、先輩たちの「どうしても！」というお願いコールに負けて参加した。

綺麗な人ばかりエントリーされているし、すぐに落ちるだろうと気楽に考えていた陽菜は順調に選考を通過してしまう。そして、決勝戦の審査項目に「コスプレ」があったのだ。

なんでも、候補者に一番似合うであろう衣装を事前投票で決定したという。

陽菜に用意されていた衣装は、真っ黒なボンデージコスチュームと鞭、そしてピンヒールだった。上半身は、体にぴったりとフィットするレザー素材のノースリーブ。下半身は、同じくレザー素材のホットパンツに網タイツ。

そう、俗にいう「女王様コスプレ」である。

（こんな……こんな衣装、着られるはずないじゃない！）

しかしミスコン決勝戦をドタキャンする勇気は、陽菜にはなかった。

――その結果、まさかの優勝。

生来のキツめな顔と、このミスコンの相乗効果で、陽菜の大学でのあだ名は「女王様」に決まってしまったのだ。

以降、告白してくる男性は増えたが、彼らは陽菜に対して一様に同じ願望を抱いている。

『朝来さんはしっかりしているし、頼りになりそう』

『あなたについていきます！』

『自分を叱ってくれませんか？』

草食系男子ならぬ、調教されたい系男子が殺到したのだ。

けれど、陽菜が派手なのは見た目だけ。当然、彼らの告白には応えられない。

しかしそれが一年以上続き、いい加減陽菜はあきらめた。

もしかしたら、実際の自分を知っても好きだと言ってくれる人もいるかもしれない。

そう思った陽菜は、大学三年生の時に初めて告白を受け入れた。

そしてたったの三か月で『思っていたような人じゃなかった』という理由で、あっさり振られてしまったのだ。

それ以降も寄ってくる男性は皆、似たり寄ったりだった。

就職をきっかけにイメージ脱却を図るものの、失敗。陽菜は今なお「従属系男子告白数」を更新中なのだ。

◇

「あ、朝来陽菜さん、僕と付き合っていただけませんか!?」

ある週の水曜日。いつもならバスに揺られているはずの陽菜は、突然の告白に固まった。

ほんの三十分前、浮かれて帰ろうとしていたところを、取引先の人間に突然呼び出されたのだ。

「……田中(たなか)さん、どうして私なのでしょうか?」

「朝来さんならきっと、僕のことを調教……じゃなくてええと、引っ張っていってくれると思ったからです!」

調教。確かに今、そう聞こえた。しかしそれに触れるのはさすがに怖い。

「引っ張る……ですか?」

そう聞くと、取引先の営業である田中は「はい!」と意気揚々(いきようよう)と返事をする。

「朝来さんはしっかりしているというか、逞しいというか、仕事をご一緒していて本当に頼りになる方なので……ああ、もちろん見た目が逞しいという意味じゃありませんよ！」

もじもじと照れながら俯く田中を前に、陽菜の笑顔は強張る。

（……また、これなのね）

ここは、田中に指定された会社近くのファミリーレストラン。夕方なので店内は学校帰りの学生たちで賑わっている。スーツ姿のサラリーマンは数えるほどのそこで、田中は目立っていた。

陽菜は仕事の話だと思ったから呼び出しに応じたのに、突然の告白である。

「その、お互いにいい年齢ですし、可能であれば将来を見据えたお付き合いをしたいな、と……」

田中がやけに決意に満ちた瞳で見つめてくる。

百歩譲って「仕事の用事」と偽ったのはいいとしても、場所を考えてほしかった。

ひきつる頬をなんとか堪えて笑みを浮かべたまま、陽菜は毅然と言い放つ。

「ごめんなさい」

するとは田中は見ているこちらが申し訳なくなるくらい、悲しそうに眉を下げた。

「えっと、それはダメ、ということでしょうか」

「……はい」

陽菜は深く頭を下げる。

「申し訳ありませんが、田中さんとお付き合いすることはできません」

「あは、あはは……そうですよね、僕なんかじゃ朝来さんに相応しくありませんよね」

「いえ、そんなことはっ！」

相応しいとか、相応しくないとか、そういう話ではないのだ。そう説明する前に、田中は自分で結論を出してしまう。

「いいんです。そもそも、僕みたいな男があなたのような女性に告白すること自体、間違ってました」

「あのですね、田中さん、ですから――」

「僕なんか地味だし、これといった特技もないですから……。趣味と言ったら漫画を読むくらいです。朝来さんはプライベートで漫画なんて読まないでしょう？」

そんなことありません、という陽菜の言葉は、落ち込む田中には聞こえていないようだ。

会社の一部の人間からも「朝来さん、少女漫画とか全然興味なさそう」とか、「経済誌や新聞を読んでるイメージしかない」なんて言われることがあるけれど、とんでもない。

陽菜は漫画好きで、少女漫画雑誌を定期購読しているほどだ。

きつい見た目のせいか、男に興味がない、仕事一筋の女性と思われているらしいが、陽菜の中身はいたって平凡だった。

料理とお菓子作りが大好きだし、休日はゴロゴロして昼過ぎまで眠っていることもある。

そして、本当は恋愛に対して人並み以上に興味があった。

なぜなら二十八年間の人生で恋人がいたのは、大学時代に一人だけ。それもお付き合い期間はたったの三か月間だ。

それでも、陽菜の外見だけを気に入ってくれる男性とは付き合う気になれない。

「朝来さんなら、頼れると思ったんだけどなあ……」

なぜなら、彼らは超草食系男子、もとい陽菜に頼りたい「調教されたい系」男子だからだ。唯一、大学時代に付き合っていた彼は違ったが、なよなよした女は苦手だと公言する類の男性だった。

「あの、本当に田中さんがどうというお話ではないんです。漫画は私も好きですよ」

「それじゃあ、理由をお聞きしても……?」

田中と——否、彼のような男性となぜ付き合えないのか。それを正直に伝えることは、陽菜にはできなかった。

どうせ、素直な気持ちを告げたところで、信じてもらえないのだ。

陽菜は、何度使ったか分からない常套句を口にする。

「……今は仕事が楽しくて、誰かとお付き合いする気になれないんです」

（私には誰かを調教したり、女王様になるような趣味はないんです）

――なんて、馬鹿正直に言えるわけがない。

本音を言えば、男らしい人がタイプだ。

「だから、ごめんなさい」

陽菜は静かに頭を下げた。

田中を残してファミレスを出た後、陽菜は会社に戻った。

株式会社花霞（はながすみ）。それが、陽菜の勤める会社だ。老舗（しにせ）ジュエリー販売会社である、その会社の商品企画部に陽菜は所属していた。

主な業務内容は、新たな商品の企画とその販売戦略を考えることだ。関係各所と連携して生産ラインを整えたり、広報の役割を果たしたりすることもある。華やかな印象とは裏腹に、山積（さんせき）する地味な事務作業をこなす部署だ。

特にここ一か月の忙しさは例年を超えていた。

花霞は来年の秋で創業五十周年を迎える。それを記念して、新ブランドの立ち上げが検討されており、社内でその企画コンペが開催されることになっているのだ。

陽菜は現在、この企画に全力を注いでいた。とはいえ、今のところいくつもの案が浮かんでは消えている。どれも自分の中で「これ！」といった決定的な何か、言うなれば芯のようなものが足りない気がするのだ。

中々良い案が浮かばず、焦りを感じ始めているのに、今日、もう一つ、焦りを感じ始める事柄ができた。

（……私もそろそろ真剣に考えたほうがいいのかしら）

『将来を見据えたお付き合い』

田中は確かにそう言っていた。

気付けば陽菜も二十八歳。入社から早六年以上が経とうとしている。

同期や先輩が恋愛に励んでいたその時間を仕事に費やした陽菜は、今や主任となっていた。

年齢からすると中々の出世らしい。

代わりに、「水曜日の彼」以外の楽しみといえば、ジムと帰宅後のビールだけだった。

自分なりに独身生活を謳歌しているつもりだったが、これではいけないのかもしれない。

現に、ここ一、二年は結婚式に呼ばれることがぐっと増えている。それに加えて、二十六歳を過ぎたあたりから告白の際に「将来を見据えて」の言葉を使われることが多くなった。

（あれ、もしかして私……のんびりしすぎ？）

ピタリとキーボードをタイピングする指が止まる。

そればかりが気になり陽菜は結局、その日の仕事はそこで終わりにして帰宅した。

翌日。

「ひーなさんっ！」

陽菜に声をかけてきたのは、四歳年の離れた後輩社員――小宮絵里だった。

「小宮さん、仕事中の名前呼びはダメよ。いつも言ってるでしょう？」

「残念でした。ちょうど今お昼休みになりましたよ。ランチ、行きましょ？」

苦笑交じりに小言を言うと、小宮はにっこり笑みを返す。

（まったく、ああ言えばこう言うんだから）

しかしそんなところも可愛いと思ってしまうのは、彼女が、陽菜が初めて持った部下だからだ。ちなみに小宮は見た目も仕草も実に可愛らしい。緩く巻いた茶色の髪に流行りのメイク。百五十センチの小宮と百七十センチの陽菜が並ぶとまるで子供と大人だ。

「ごめんね。まだやりたい仕事が残っているから、今日はデスクで簡単に済ませるわ」

いつもの陽菜なら小宮の誘いに乗るところだが、あいにく今日はそんな気分になれなかった。

昨日の田中の告白が尾をひいている。告白は振るほうだって気力を消耗するのだ。

「ダメですよ、ちゃんと食べなきゃ。それに『休憩をしっかりとるのも仕事のうち』って教えてくれたのは陽菜さんですよ？」

確かにそう言った。間違いない。

陽菜が思わぬ切り返しに言葉を詰まらせていると、小宮は更に続ける。

「それに、聞きたいことがあるんです」

「聞きたいこと？」

「昨日、ファミレスで田中さんと一緒にいらっしゃいまし――」

「わーっ！」

「ファミレス」と「田中」。その二つのキーワードに陽菜はすぐさま立ち上がり、大きな声で小宮を遮った。

「絵里ちゃん待って、ストップ！」

フロアに残っていた社員の視線が集まる。

陽菜は、こほん、とわざとらしく咳払いをした。名前呼びはダメと注意したばかりなのに、自分が呼んでしまった。

「絵里ちゃ――じゃなくて、小宮さん」

陽菜は頬を引きつらせたまま小宮と向き合った。

「やっぱりランチ、行きましょうか」

後輩は可愛らしい笑顔で、「はい！」と元気よく返事したのだった。


二人は会社から歩いて数分の喫茶店に入った。陽菜がさあどうしたものかと考えていると、小宮にさっさと話を切り出される。

「それで陽菜さん、やっぱり田中さんを振っちゃったんですか？」

「……昨日、あのお店にいたなら聞こえていたんじゃないの？」

「はい。田中さんが陽菜さんに告白したところまでは聞いちゃいました。それ以上は失礼かと思って、お化粧室に行って戻ってきたら、もの凄ーく凹んだ顔をして帰る田中さんとすれ違ったんです。ああ、陽菜さんまた振っちゃったのかぁ、と」

基本的にノリが軽くて陽菜に対しても気安い態度の小宮だが、彼女は業務とプライベートの切り替えが実に上手だ。そんな小宮が昨日のことを言いふらすとは微塵も思っていない。

それでも陽菜はどうごまかすかばかりを考えている。

「陽菜さん、やっぱり草食系男子が苦手なんですね」

「そんなことないわよ？」

小宮は、「またまたぁ」と可愛らしく肩をすくめる。

「じゃあどうして田中さんがダメなんですか？　陽菜さん、今彼氏いませんよね？」

「……え、ええ」

今、どころか恋人なんてもう何年もいない。

更に言えば過去にもたった一人だけ。

——恋愛の話は、苦手だ。

小宮を始め女性社員は恋バナが大好きだが、陽菜はいつも聞き役に徹（てっ）している。自分のことを聞かれた時は「忙しいから」「仕事が楽しいのよ」と笑顔でかわしていた。

入社以来、ずっとそれで乗り切ってきたのに。

「田中さん、確かにぱっと見は地味だけど優しそうだし、大手広告代理店勤務ですよ？　かなりの好条件だと思いますけど……。草食系でもいいと思うのになあ」

珍しく小宮はくいさがる。

彼女の言いたいことはとてもよく分かった。陽菜だって彼が草食系だから断ったのではない。しかし彼は、ただの草食系ではなかったのだ。

——調教してほしいって言われたの……

（そんなこと、言えないわ）

いや、正しくは「調教」と言いかけただけではあるが。

個人的なお付き合いはお断りしたが、彼は大事な取引先の社員。今後、小宮と仕事をする可能性は大いにある。迂闊(うかつ)なことを言って変な印象を与えては田中にも失礼だ。

陽菜は昨日の田中同様、小宮に対しても使い慣れた言い訳をした。

「今はお仕事が楽しいから、恋人を作る気にはなれないの」

常套句(じょうとうく)にもかかわらず自分の中に違和感が残る。

本当は恋愛に興味があるし、恋人もほしい。

ところが悲しいことに、陽菜に興味を持ってくれる人は特殊すぎるのだ。

「陽菜さん、甘い！　そんなこと言ってたら、あっという間におばあさんになっちゃいますよ！」

しかし、陽菜の気持ちが分かるはずもない小宮は、更に追い打ちをかけた。

「そんな、おおげさよ」

「そんなことないです。陽菜さんだって前に言ってたじゃないですか。働き始めると一年なんてあっという間に過ぎちゃうって。私それ、最近凄(すご)く実感してるんです」

「あなたが実感するには早いんじゃない？　だってまだ二十四歳でしょう？」

「『まだ』だけど『もう』二十四歳です。本格的に婚活を始めようとしたら、私より若い人、たくさんいますもん」

「婚活って……絵里ちゃん、確か彼氏がいたわよね？」

「別れました」

「あら、でもこの間、二人で温泉旅行に行ったってお土産くれなかった？」

「そんなこともありましたね。……他に好きな人ができたそうです。ちなみに二か月ほど、二股されていました。同じ温泉に、私より先にその子と行っていたみたいなんですよ。しかも浮気相手は私の親友。あ、違った。『元』親友です」

「――最低ね」

陽菜は基本的に人の恋愛に立ち入らない。何かを言えるほどの経験がないため、適切な言葉が浮かばないのだ。

それでもこれくらいは分かる。

親友と浮気なんて、彼女をバカにするにもほどがあった。

「別れて正解よ。……うん、婚活、いいじゃない。そういう場で探すのも悪くないと思うわよ」

「本当にそう思います？」

「もちろん」

大丈夫。絵里ちゃんなら、きっといい人が見つかるわ――そう陽菜が言いかけた時だった。

「なら陽菜さん。コレ、行きませんか？」

小宮はスマホの画面をこちらへ向ける。その画面を見た陽菜は、目を見開いた。

「――これ、婚活パーティーの参加受付メールよね？」

「はい。私が申し込んだやつです。来週土曜日の午後六時から、ホテルのレストランを貸し切りにしてのビュッフェ形式だそうです。なんとレストランはイタリアンで、星付きです！」

男性の参加可能年収ラインや年齢など、小宮は流れるように説明する。

なんでも、普通に生活していたら中々知り合わないだろう男性たちが参加するらしい。

それだけで小宮の本気度が伝わってくる。

「『行きませんか？』って、申し込んだのはあなたでしょう？」

「はい。でもその日、友達の結婚式が入っていたのを忘れてて」

「忘れてたって……あなたが？」

仕事でも滅多にミスをしない小宮が、そんなうっかりをするなんて信じられない。

しかし話を聞くと、彼女は元カレと別れてすぐに勢いで申し込んでしまったのだという。

「あんな男よりいい人見つけてやる！　って頭に血が上（のぼ）っちゃったんです。キャンセルするのはもったいないし……主催者に確認したら、代理参加も可能だって。――だから陽菜さん。私の代わりに行ってくれませんか？」

そう言って小宮は凄（すご）みのある顔で笑ったのだった。

帰宅中のバスの中、片手にスマホを持った陽菜は、小宮から転送されたメールをじっと見つめた。

時刻は午後八時を回ったばかり。水曜日以外は残業が当たり前なので、これでもいつもよりは早い時間帯だ。

この時間の車内は仕事終わりの会社員で混みあっている。当然空（あ）いている席はなくて、陽菜は入り口の少し後方に立っていた。

本音を言えば座りたいけれど、すし詰め状態になる満員電車に比べればずっといい。

（婚活、かあ）

『「まだ」だけど「もう」二十四歳です』

小宮の言葉を聞いた時、正直なところドキリとした。

そんなことを言ったら陽菜なんてアラサーだ。

三十代になるのが嫌なわけではない。職場には四十を過ぎても輝いている先輩がたくさんいる。

（でも、恋愛初心者のアラサーとは違うのよね）

――恋がしたい。

恋は、女性を美しくする。可愛らしい子はよりいっそう華やかになるし、あまり垢ぬけていなかった子もキラリと光り始めるのだ。そんな女性を見る度に陽菜は「いいなあ」と思う。

しかしいざ自分に置き換えると、「また見た目で判断されたら」と考え、気後れしてしまうのだ。

社会人になって二、三年目くらいまでは、誘われた合コンに顔を出すこともあったけれど、陽菜を「いい」と言ってくれるのは外見を気にいる人ばかり。

いつしか諦めの境地になっていた。

陽菜はもう一度、メールに視線を落とす。突然のお誘いは保留にしてあるものの、もしかしたらこれがきっかけになるかもしれない。

男性はいずれも好条件な人たちだというが、陽菜は、恋人に必要以上のお金や学歴を求めていなかった。条件は、陽菜を見た目で「頼れる女王様キャラ」と判断しない人。

少し我儘を言えば、男らしく自分を導いてくれる人がいい。

更に夢を見ていいのなら――

(──あの人が、恋人だったら)

そう想像した時、バスが停車した。数人が降りると一気に乗客が乗り込んでくる。

気になっているあの男性が乗ってくるバス停だ。乗客の中に彼がいればいいのにと思いつつ、水曜日のあの時間帯ではないので無理だろうと、陽菜は視線を再びスマホへ向けようとした。

その時、視界の端に一人の男性の影が映る。

「あっ……！」

突然声を上げてしまい、乗客の数人が驚いたように陽菜を見た。しかし陽菜にそんなことを気にする余裕はなく、視線をただ一点に──あの男性へ向ける。

抜群に整った顔立ちの彼は、混みあう車内の流れにそって乗り込んできた。

そしてなんと、固まる陽菜の隣に立ったのだ。

会えるはずがないと思っていた人。今さっき「恋人だったら」と想像したばかりの人が、すぐ側(そば)にいる。

(嘘、でしょう……？)

その現実を受け止めた瞬間、陽菜の心臓は未だかつてないくらいに激しく高鳴った。

鼓動が体の芯から響いている気がする。

(ど、どうしよう？)

陽菜の頭の中はそれでいっぱいだ。

ただ見ているだけで満足だった憧れの人が、肩が触れ合うほど近くにいる。

見ているだけの時は数分間がとても短い気がしたのに、今はとても長く感じた。窓の外を通り過ぎる見慣れた景色も、車内の雑音も、全てが遠ざかり、切り離されたような感覚に陥る。

陽菜の全神経は、ほんの数センチ隣の彼へ注がれていた。けれど、顔は上げることができず、ずっと俯いたままだ。

今時初恋を知ったばかりの小学生でも、こんな反応はしないだろう。

その時、不意に足元が揺れた。バスがカーブを曲がったのだ。

陽菜はバランスを崩した。ヒールが床を滑って、上半身が後ろに傾く。

「――っと」

その時、大きな手のひらがそっと、陽菜の腰を支えた。

「……大丈夫ですか?」

あの男性が助けてくれたのだ。

彼が触れていたのは、陽菜が体勢を整えるまでの間だけ。はっと隣を仰ぎ見る頃には、男性の手はつり革へ戻っていた。

ほんの一瞬の出来事。しかし確かに彼は、陽菜を支えてくれた。

「あ、ありがとうございます」

突然のことにぽかんとしながらも、陽菜はどうにか礼を言う。

「どういたしまして」

男性は柔らかく微笑んだ。

その破壊力たるや、凄まじい。

初めて間近に聞く声は、想像より少し低く掠れている。何より、やけに色っぽく陽菜の耳を直撃した。腰が砕けそうとはこのことだ。

「もしかしてこれはチャンスなのでは」と、陽菜は思った。

(話しかけても、変に思われないかしら)

――ありがとうございます。実は、何度かバスでご一緒しているんです。

いきなりそんなことを言ったら、妙な女だと思われないだろうか。

でも、こんなチャンスはこの先二度とないかもしれない。

陽菜は彼に声をかけようと視線を上げる。しかし、すぐに後悔した。

彼は、ある一点を見つめていたのだ。視線の先は、なんの変哲もない化粧品の車内広告。だが、その中で一つ目を引くものがある。

新作のルージュを手に微笑む女性――今十代の若者の間で絶大的な人気を誇るモデルの美波だ。

ふわふわとなびく茶色の髪、柔らかな微笑みを湛える顔は、この世の「可愛い」の全てを体現している。

同性の陽菜でも守ってあげたいと思うほど庇護欲をそそる可憐な容姿。それは陽菜の外見の対極に位置するものだ。

美波を見つめる男性の視線はとても優しい。

その表情は今まで見てきたどんな彼よりも柔らかく見えた。

まるで恋人を見るようなその視線に、陽菜の中にもやもやが広がっていく。

（……ああいう女性が好きなのかしら）

高鳴っていた鼓動がすっと引いていった。

彼は悪いことなんて何もしていない。それなのに心が冷えてしまい、傷つけられた気持ちになる。

自分ひとりが浮かれていたことを陽菜は、途端に恥ずかしく思った。

自宅最寄りのバス停につくまでずっと隣を見られなくなる。

それから数日、陽菜の頭にはあのモデルの笑顔がちらついて離れなかった。

◇

「あんた、ばか？」

その週の金曜日の夜。久しぶりに食事をしようと待ち合わせた親友の佐倉胡桃は、一連の話を聞くなりそう言い切った。

「『何度か同じ時間のバスでお見かけしたことがあります』くらい、なんで言わないのよ。せっかくバス王子が隣に来たっていうのに！」

バス王子——あまりに安直な名前に陽菜は突っ込みたかったが、胡桃は止まらない。

「その時話しかけないで、いつ話しかけるの！　見ているだけで満足って、小学生でももっと進んでるわよ」

「……あのね、胡桃。人には分かっていてもできないことが……」

「そう言い続けて、もう二十八歳でしょうが」

胡桃の言葉は正論すぎて、陽菜はぐうの音も出ない。

「それに、芸能人と比べて凹んでどうするの。大体、美波と陽菜は全然タイプが違うじゃない。比べるだけ無駄。あんたの魅力は可愛らしさにはないでしょ。いい加減自覚しなさいよ」

テーブルに片ひじをついた胡桃は、左手でカクテルを揺らしながら「まったくもう」と呆れたようにため息をつく。

あまり行儀がいいとは言えないが、お酒で薄らと頬を染めた彼女は、陽菜でさえドキッとするほど色っぽい。

透けるように真っ白な肌に、ぱっちりと大きな目、ふわふわと緩く巻いた髪。胡桃もまた「可愛い」を体現する女性だ。

しかも実家は誰もが知っている製菓会社を経営している。

そんな超お嬢様である胡桃は、良くも悪くも裏表のない人間だ。好きなものは好き、嫌いなものは嫌い。異性の好みも同様で、彼女の恋人に対する第一条件は「顔」である。第二条件は「一般常識を持っている」ことだった。見た目も中身も、異性関係ですら彼女は陽菜と正反対のタイプだ。

だからだろうか、高校で知り合って以来、妙に馬が合った。

「胡桃ならそうするでしょうけど、会えるとは思っていなかったから驚いてそれどころじゃなかったの。仕方ないと思わない？」

「思わないわね。私なら気になった段階で話しかけているもの」

「私も話しかけようとしたわ。ただ……怖気付いてしまって。熱心に見ていた相手は超人気モデル、こっちは恋愛初心者のアラサーよ？」

「そんなド派手な顔で恋愛には小心者、なんて意外よねー。陽菜、会社ではクールなバリキャリで通してるんでしょ？　ギャップ萌えでも狙ってるの？」

「……そんなの狙う余裕があれば、今頃恋人がいたでしょうね」

「確かに。自分のことよく分かっているじゃない。高校の時みたいに会社でも後輩の女の子にきゃーきゃー言われてるんでしょ。どうせなら男の一人や二人、はべらせてみなさいよ」

「慕ってくれる子はいるけど、きゃーきゃーなんて言われてないわ。……なんだか胡桃、今日はずいぶんと毒舌ね」

「そう？　いつものことでしょ。大体ね、美波は確かに可愛いけど、大人の色気で勝負すればいいじゃない。まあ、いいわ。それより、後輩ちゃんに婚活パーティーに誘われたんだって？」

「そうなの。これ、胡桃の会社が主催しているものだって本当？」

胡桃は自（みずか）ら会社を立ち上げ、婚活コンサルタントとして活躍しているのだ。

陽菜がスマホの画面を見せると、胡桃は「ああ」と目を瞬（またた）かせた。

「私の企画だわ。へえ、後輩ちゃんもいいところに目をつけるじゃない。今回の参加男性はかなりレベルが高いわよ。個人的にもとってもおすすめ。というか、私も陽菜を誘おうと思ってたの」

「そう。この企画、どちらかと言えば婚活初心者向けに作ってるのよ。流れは一般的なもので、最初は全員と数分ずつ会話をして、次はフリータイム。最後にカップリングの発表。それだけだと何も面白くないから、料理と会場に力を入れたわ。カップルになれなくても舌を絶対に満たせるってわけ。もちろん気に入った人がいれば、ホテルに泊まるのもありよ」

「私を？」

「一夜限りの恋ってこと？」

「あら、『そんなの、はしたない！』とでも言うつもり？」

「そうは言わないけど、会ったその日に、なんて私にはハードルが高すぎるわ。それに、合コンって苦手で……」

「じゃあ、あんた、ずっとそのままでいいの？」

胡桃はすっと目を細める。

「気になる人がいても声をかけられない、そんな中途半端な状態で。確かに変態男しか寄ってこないのは同情するけど、仕方ないって諦めるのは怠惰よ。恋人が欲しいなら、自分から動かなきゃ」

その言葉は陽菜の心に突き刺さった。

中途半端。確かにそのとおりだ。仕事とちょっと特殊な人に好かれる性質を理由に、流されるように過ごして早六年。仕事は順調だけど、プライベートはずっと停滞したままだ。

そう遠くない未来、後輩にどんどん先を越されるだろう。

気になった人の隣に立つだけでドキドキしてしまい何もできない、自分。

嫌だ、とすぐに思った。

「胡桃。私、行くわ」

小宮と胡桃、偶然にも二人から同じイベントに誘われた。これはきっと今動くべきだ、というお告げなのだ。

「洋服とメイク、もう一度教えてくれる？」

陽菜は胡桃に頼む。

「今日の飲み代で引き受けてあげる。楽しみにしてなさい、会場で一番の美女にしてみせるわ」

親友は、にっこりと笑ったのだった。

一週間後の土曜日。

婚活パーティー会場であるホテルに着いた陽菜は、イタリアンレストランがある二十二階へ向かった。エントランスホールを通り抜けエレベーターに乗り込んだ途端、どんどん心臓の鼓動が速くなっていく。

主催者の胡桃は先に会場入りしているため、陽菜は一人だ。一人で行動するのは、仕事ではもちろんプライベートでも慣れているのに、なんだか心もとない気がした。

その理由は多分、胡桃がいないからだけではない。

（この格好で大丈夫……よね？）

陽菜は、今、胡桃の選んだ勝負服を着ている。

センスのいい彼女が似合うと言ったものはきっと、陽菜に合っているはずだ。

ベージュのロングコートの首筋と袖口には、柔らかなファーが愛らしくついている。

そして肝心のコートの下は――

陽菜がコートの裾をきゅっと握ったその時、エレベーターが二十二階に到着した。

雑誌にもしばしば登場する有名シェフが料理長を務めるレストラン。そこを貸し切りとは、胡桃の力の入れようがうかがえる。

ドキドキしながらレストランに入り受付を済ませると、スタッフが簡単に今日の流れを説明してくれた。

大体は、事前に胡桃から聞いていたとおりで、受付を済ませた後は、開始時刻までプロフィールカードを書いて待つ。カードには氏名と職業、趣味を書く欄があるものの、名前は仮名でもいいと言われた。ナンバープレートが配られ、その番号に基づいたテーブルに向かえばいいらしい。

パーティーがスタートすると、各テーブルを男性側が動き、女性参加者と数分間会話をするのだ。そしてその後はフリータイム。最後は気になった異性を三人番号で指名し、カップリング発表タイムとなる。

（確かにこれなら、初心者の私でも参加しやすいわね）

プロフィールカードに視線を落としていると、「朝来様」と呼ばれた。

「コートをお預かりいたします」

受付の男性スタッフがにこやかに手を差し出している。

「脱がなきゃ、ダメですよね？」

自分の格好を思い返した陽菜は咄嗟にそう言ってしまった。けれどすぐに「なんでもありません！」とごまかす。スタッフは、陽菜の言葉に少し驚いたようだが、何事もなかったみたいに微笑んだ。

「会場は空調も効いていますし、寒いということはないかと存じます。万が一、気になるようでしたら遠慮なくおっしゃって下さい」

「……はい、ありがとうございます」

その完璧な応対に観念して、陽菜はコートをスタッフへ預けた。

途端に、暖かな空気が素肌をさらりと撫ぜる。

今、陽菜は胡桃の全面プロデュースによる衣装を身につけていた。

親友が選んだのは、普段の陽菜なら絶対に手にしない、胸元がざっくりV字型に開いた黒のニットワンピースだ。膝下丈のそれは体のラインにフィットし、陽菜の肉体を際立たせる。背中の部分は編み込みになっていて、歩く度に紐の先端がふわりと揺れた。胸元には自社製品である一粒ダイヤのネックレスが輝いている。

陽菜の仕上がりを見た親友が満足そうに微笑んだので、普段はしない格好に戸惑っていた陽菜も中々いいのではないか、なんて思ったりした。しかしいざ会場に来てみると、すーすーした感覚が落ち着かない。もしかして自分だけ気合を入れすぎてしまったのでは、なんて考えてしまう。

その証拠に、受付を終えて指定されたテーブルに向かう僅かな間にも、陽菜は、会場にいた他の参加者の視線を感じた。意識すると更に落ち着かなくなりそうで、陽菜はあえて全てを無視し、前を見る。その間も心臓はドクドクと早鐘を打っていた。

（目立ってる……？）

その時、ポン、と後ろから肩を叩かれた。

「ひゃっ！」

素肌に触れた手に、弾かれたように振り返ると、胡桃が笑っている。

「やっと来た。中々姿が見えないから、怖気付いたのかと思ったわ」

「胡桃！」

見慣れた姿に陽菜は一気に安堵した。

胡桃は、普段の華やかな私服とは打って変わってシンプルなダークスーツを着ている。主催者なので気を使っているのだろう。

「陽菜、挙動不審になってるわよ。目立つから少し落ち着きなさい。それに顔が引きつってる、緊張しすぎね」

「緊張もするわ。こういうのは久しぶりなんだもの」

「大丈夫よ。会話に詰まったら、仕事相手だと思えばいいわ。全く興味がない相手なら大根と同じでしょ」

「大根って……でも、確かにそれなら大丈夫かも」

そう答える陽菜の全身を眺め、胡桃は改めて満足そうに頷いた。

「いいじゃない。その服やっぱり似合ってる。――って何よ、その顔。私のセンスに文句でもあるの？」

「違うわ。ただ、視線を感じるの。露出度が高すぎじゃないかしら」

「それは……まあいいわ、今は自覚しなくても」

「他の参加者を見てみなさい、陽菜より肌を出している女性はいっぱいいるわ」

「胡桃？」

陽菜はさっと会場内を見回す。なるほど、先ほどまでは緊張で見えていなかったけれど、確かに陽菜以上にセクシーな格好の女性がちらほらいた。

ほっとすると同時に、自意識過剰だったかも、と恥ずかしくなる。

「――ほら、そろそろ始まるから行きなさい。楽しんでね」

胡桃にぽんと背中を押され、陽菜は指定されたテーブルに向かった。

会話に困ったら仕事相手だと思えばいいとは、確かにベストなアドバイスだ。

自己紹介タイムを終えた陽菜はそう実感していた。

ジュエリー販売会社の商品企画部に所属する陽菜は、普通の会社員では出会えないタイプの様々な異性と接する機会がある。それこそ目の覚めるような美形芸能人から、職人まで。

そのせいか陽菜はあまり緊張せずに対応することができた。

今回の参加者は、男女それぞれ二十名ずつの計四十人。

男性側は欠席か遅刻かは分からないが、予定より一人少ないものの、胡桃が太鼓判を押すだけあって、会社経営者、医師、弁護士……と俗にいう超高学歴な面々が集まっている。

仕事の時ほどバラエティに富んではいないものの、全員スマートな態度で、会話中も手に持ったグラスが空になると、好みを聞いてすぐに新しい飲みものを持ってきてくれた。

会場内をゆったりと流れるジャズも、参加者の華やかな装(よそお)いも、全てが大人な雰囲気だ。

陽菜の知っている合コンでは、やけに男性がガツガツしているものだったから、この雰囲気は意外だった。

中には何人かいいな、と思える男性もいる。だから、陽菜は油断してしまった。

パーティー開始から約一時間、フリータイムが始まってすぐ、陽菜は困惑していた。

「――へえ、企画の仕事をしてるんだ。確かに、凄(すご)く仕事ができそうだね。自立した女って感じで」

「……ありがとうございます」

開業医をしているという男性が、フリータイム早々陽菜のもとにやって来たのだ。以降、彼はずっとこの調子で陽菜にまとわりついている。

「この仕事をしていると色んな女性が擦(す)り寄ってくるけど、やっぱり金目当ての女が多いんだよね。初対面で年収を聞いてきたり、やたらベタベタ触ってきたり。それって俺の職業に群がっているだけで、俺自身を見てないじゃない？　そういうの、いい加減うんざりだよ」

彼はベラベラと自分のことだけを話す。

「その点、君みたいに自立した人はいいよね。下手な男なんかよりよっぽど稼いでそうだ」

まあ、流石に俺には及ばないだろうけれど、と言葉の最後に自分を上げることを忘れない。

（……この人、苦手だわ）

陽菜は顔に愛想笑いを貼り付けた。

悪い人ではないのだと思う。しかし自分のことが大好きすぎるように感じるのだ。

一通り自分のことを話し終えた男性は、「それで」と初めて陽菜に質問してくる。

「朝来さんはどうしてこのイベントに参加したの？　あなたほど綺麗なら、男なんてよりどりみどりでしょうに」

「そんなことありませんよ。私が仕事ばかりで寂しい生活をしているのを見かねて、友人が誘ってくれたんです」

「またまた、そんな謙遜はいらないよ。きっと男に対する理想が高いんでしょう？」

理想――は、陽菜を外見だけで判断しない人。

それを理想が高いと言われてしまうのなら、陽菜はきっとこの先もずっと独身だ。

そんな未来が嫌で恋愛を楽しもうと思ったからこそ、このイベントに参加したのに。

「でもあなたはそれでいいと思うよ。変に媚びる女よりもよっぽどいい。それに、そこらの男よりもよほど強そうだ」

強そう。その言葉も何度も言われた。

（あなたが私の何を知っているの？）

今や陽菜は疲れを感じていた。これが仕事なら我慢できる。しかしそうではない以上、この人と会話を続けようとは思えなかった。

だが、男性は止まらない。

「俺はそういう女性がいいな。どう、連絡先を交換しない？」

これは、明らかなルール違反だ。お互いの連絡先は、カップリングが成立して初めて交換することになっている。

だから陽菜は失礼がないよう、やんわりとその申し出を断った。

すると男性は笑顔を一変させ、不機嫌そうに顔をしかめつつも言い募る。

「これくらい、主催者も黙認するはずだよ」

この人と連絡先を交換したいとは、陽菜にはとても思えない。

ちらりと会場の隅にいる胡桃を見た。けれど彼女は忙しそうに他のスタッフとやりとりをしている。親友の企画を台無しにするような真似はしたくなかったので、陽菜は改めてやんわりと断った。

「……申し訳ないのですが、今は――」

「ちっ、そういうところが良くないんじゃないの？」

男性は不機嫌な様子を隠そうともせず舌打ちをすると、一歩、陽菜へ詰め寄った。

「どんな男を探しているのか知らないけど、そんなにお高くとまってるからモテないんだよ。おかしいと思ったんだ。君みたいな女が婚活パーティーなんて。サクラかとも考えたけど、その性格じゃ恋人がいないのも頷けるね」

陽菜は咄嗟に言葉を返せなかった。

連絡先を教えなかっただけで、ここまで言われるなんて。

そんな陽菜の様子に多少溜飲が下がったのか、男性はシャンパングラスを片手ににんまりと笑う。

「どう？　教える気になった？」

（そんなこと言う人に、教えるわけないじゃない！）

いくら恋愛下手だって、こんな男はまっぴらごめんだ。呆れた陽菜はその場を離れようとする。しかしあろうことか、男性は陽菜の手を握って引き止めた。

「なっ……!?」

「返事、聞いてないよ？」

ぞくり、と陽菜の背筋に悪寒が走る。さすがにこれは、ない。

陽菜はそれまで浮かべていた笑みを消して、手を振り払おうとする。そこに、さっと一人の男性が割り込んできた。

「――失礼」

凛とした声が陽菜の耳に飛び込む。

「先ほど、こちらを落としませんでしたか？」

彼はハンカチを差し出し、そう陽菜に問いかけた。

陽菜は何も言えなかった。彼の背後で医者だというあの男性が不快そうに抗議しているけれど、その声はやけに遠い。

（嘘、でしょう……？）

声をかけてきた男性が白いハンカチを陽菜に手渡そうとする。

「なんだ、君は!?」

不意に医師の男性がくいっとその人の肩を引いた。すると彼は「おっと」とやけに大袈裟に体を傾ける。その拍子にグラスの中身が少しだけハンカチにかかった。

それは、どこから見ても陽菜の持ち物ではない。それなのに彼は陽菜の肩をたたく。

「大変だ、すぐに汚れを落とさないと。申し訳ありませんが、一緒に来ていただけますか？」

彼は陽菜だけに見えるようにウインクをした。

——話を合わせて。

そう、言っている気がする。

「はい！」

陽菜の返事にその人は満足そうに小さく頷き、腰にそっと手を添えてくる。そのまま陽菜を伴って歩き始めた。けれど、医師の彼が「おい！」と二人を止める。

「あなたは振り返らないでいい、俺に任せて」

そう、彼は陽菜の耳元で囁き、振り返った。

「何か？」

その時、彼がどんな表情をしていたか、陽菜には分からない。しかし医師は「ひっ」と引きつった声を出した。

「お話がないなら、失礼してもよろしいですか？」

彼の言葉に、それまでの勢いが嘘だったかのように医師が身を引く。

「行きましょう」

彼に連れられた陽菜はレストランを出る。そして店から出た直後、腰に添えられていた手は離れた。まるで、あの日のバスと同じ……

陽菜を助けてくれた男性は、あのバスの彼だったのだ。

（本当に……？）

嘘、どうして、信じられない。そんな心の声が陽菜の頭の中を一気にかけめぐる。

「大丈夫？」

陽菜はろくに返事もできず、ただ、彼に視線を奪われていた。

触れられていた腰がまだ熱を持っている気がする。

バスの車内で横に並ぶのではない。正面の、すぐ目の前にあの人の顔がある。

それはまるで白昼夢のようで、陽菜はひたすら惚けてしまった。彼はその様子を違う意味に捉えたらしい。

「あまり酔っているふうには見えなかったけど、本当は気持ち悪い？」

「え……？」

「それとも連れ出されて嫌だった……とか？」

彼は少しだけ悲しそうに眉を下げる。

――可愛い。

瞬間的にそう思った。

彼はもともと優しげな顔立ちをしているが、その表情に、陽菜自身も意識したことのなかった母性が大いに擽られる。

「あなたが困っているように感じたから、つい。……迷惑でしたら謝ります」

「そんなことありません！」

思わず大きな声を出してしまい、慌てて口をつぐむ。迷惑だなんて、そんなふうに誤解されるのは嫌だ。

片手をそっと胸にあてて深呼吸をすると、改めて彼と向かい合う。

「……そんなこと、ありません。あなたがおっしゃったとおり困っていたので、その……とても助かりました」

陽菜は感謝の気持ちを込めて深く頭を下げる。

今、自分はどんな顔をしているだろう。真っ赤になっていないだろうか、髪は乱れていないだろうか。そんなことばかり気になってしまう。

少しでも想いを伝えたくて、陽菜は顔を上げ、できる限りの笑みを浮かべる。

すると彼は一瞬目を見張った後、穏やかに、「なら良かった」と微笑んだのだった。

それはあの日――バスで『どういたしまして』と言った時と同じくらいの破壊力だ。

（やっぱり、若いからかしら）

年下特有の無邪気さ――可愛らしさに加えて、そこはかとなく漂う色気に頭の奥がくらくらする。

「顔、赤いですね。やっぱり酔ってる？」

お願いだから、そんなに優しい笑顔を向けるのはやめてほしい。

あなたに会えて嬉しくて見惚(みと)れていました、とは言えず、お酒をほとんど口にしていないのに陽菜は「はい」と頷く。

「……っと、名前も名乗ってなかったですね」

彼は改めて陽菜と向かい合うと、にっこり笑った。

「本郷(ほんごう)といいます」

「本郷、さん……？」

はい、と頷く姿は、やはりどことなく可愛らしい。

ずっと気になっていた男性の名前を知ることができて心踊らせていた陽菜は、「良かったら、あなたのお名前をお聞きしても？」と言われてはっとした。

「あっ――」

「『あ？』」

慌てて答えようとするものの、舌を噛んでしまう。

（ああもう、最悪だわ）

こんな姿、会社の人が見たら驚くに違いない。しかし今の陽菜はキャリアウーマンでも、女王様でもなかった。憧れの人を前にして慌てる、恋愛初心者だ。

「……朝来陽菜です」

恥ずかしさを覚えながら名乗ると、本郷はぱちぱちと目を瞬(またた)かせた。

「陽菜さん。素敵な名前ですね」

そう、とろけるように微笑む。

「良かったら、抜け出しませんか？」

「え……？」

「スタッフには俺から話してきます。……実は無理に誘われて参加したんですが、乗り気じゃなかった上に遅刻してしまって、今更入りづらいんです。それに、勘違いなら申し訳ありませんが、あなたもあまり楽しそうに見えなかったから」

これは、夢だろうか。

「このホテルの上にバーがあるんです。そこで飲みなおしませんか」

それならどうか、覚めないでほしい。

「――俺とあなたの、二人で」

陽菜は夢見心地なまま、その誘いに乗った。

◇

国内の外資系ホテルの中でも最高級ランクに位置するホテルの三十五階。このフロアは、政財界や芸能界といった各界のセレブ御用達だと聞いたことがあった。

一介のＯＬである陽菜がここのバーに来るのはこれが初めてだ。

「ここです。この店の酒はどれも美味(おい)しくておすすめなんです。気に入ってくれたら嬉しいな」

本郷が案内したそこは、おしゃれなバーラウンジだった。

エレベーターを降りた瞬間から、陽菜は目の前の光景に圧倒されている。

視界一面が夜景の海だ。

さすがは世界的に展開している超高級ホテルのバー、照明やＢＧＭに至るまでとても洗練されている。中央にはグランドピアノが置かれ、シャンパンゴールドのドレスを纏(まと)った女性が軽(かろ)やかなタッチでジャズを奏(かな)でていた。

本郷はさっとカウンター席に向かう。

「さあ、どうぞ」

顔見知りらしいバーテンダーと軽く挨拶(あいさつ)を交わし、さりげなく陽菜に椅子を引いた。

陽菜がとまどっていると、彼は二、三度目を瞬(また)かせ、「ソファ席のほうが良かった？」と小首を傾(かし)げる。

「いえ、ありがとうございます」

陽菜はどきどきしながら、腰を下ろした。

「どういたしまして」

陽菜に続いて隣に座ると、本郷は「良かった」と小さく言う。

「ソファ席もいいけど、ここのほうがあなたとゆっくり話せると思うんだ」

さり気ない気遣いに加えてこのセリフ、陽菜は本気で眩暈がしそうになる。

「……私も、あなたとゆっくりお話ししたいです」

バスで見かけた時は、気配りができる柔らかい雰囲気の人だと思っていたが、今の彼はどんな異性よりも「男」を感じさせた。

「陽菜さんみたいな素敵な女性にそう言ってもらえると、俺も嬉しい」

ずっと憧れていた彼が自分の名前を呼んで、褒めてくれている。夢みたいな現実を、陽菜は噛みしめた。

「お上手ですね」

上ずらないように声を抑え陽菜が言うと、本郷は「本心ですよ」とさらりと返す。

彼とこんなふうに並んで、軽口を叩き合うなんて、胡桃や小宮にはっぱをかけられていたことを思うと、驚くほどの飛躍ぶりだ。

「お酒はお好きですか？」

「はい。こんなお洒落なバーに来ることはないので、詳しくはありませんが……」

「大丈夫。ここのマスターが出すお酒はどれも美味しいから」

「お任せしても？」

「喜んで」

本郷が注文したのは、陽菜が初めて耳にするカクテルだった。

カウンター越しにマスターがシェイカーを振る様子を、陽菜はそっと眺める。少しの沈黙。その時間が不思議と心地良い。

BGMは気付けばクラシックへ変わっていた。とても綺麗な音色だ。

ふと、視線を感じて隣を向くと、じっと陽菜を見つめる本郷と目が合う。

「私の顔に何かついていますか？」

「いいえ？　ただ見惚れていただけです」

「みとっ……！」

言葉を失う陽菜を本郷が柔らかな眼差しで見つめる。

もしもこれが彼でなければ、陽菜は「ありがとう」とにこりと微笑み、スマートに返すことができただろう。でも本郷の前ではどんな態度を取ればいいのか、分からない。

「……そんなに褒めても、何も出ませんよ？」

驚きと、照れ。

陽菜は一瞬固まったものの、どうにか微笑み返す。すると本郷は「お気になさらず」と悪戯っぽく頬を緩めた。

出されたカクテルのおかげか、陽菜の肩から少し力が抜ける。もっとも、肩が触れ合うほどの距離に本郷がいるせいでやはりドキドキするし、お酒を口にしているにもかかわらず喉の奥は緊張で渇いている。

このまま彼に会えた喜びに浸りたいものの、それだけではろくに話せずに終わってしまう。

(そんなの、もったいないわ)

せっかくの機会を無駄にしたくない。

陽菜は、すうっと深呼吸をする。背筋を伸ばし、落ち着くのよ、と自分に言い聞かせた。

「――陽菜さんは、どんな仕事を？」

不意に本郷に話しかけられる。

「ジュエリーの販売会社で、アクセサリーの企画と販売データの収集をしています」

そう答えると、素敵ですね、と彼が微笑む。

「でも、指輪をしていないんですね。アクセサリーを扱うお仕事の方は、皆さんつけているイメージがあったのですが。今は恋人の有無にかかわらず、左手の薬指に指輪をする女性がいるって聞いたこともありますし」

「それは、その……ピンキーリングなら、時々します。でも、初めて薬指につける指輪は、恋人からのプレゼントと決めているんです」

消え入りそうな声で陽菜は告げた。

「……いい年をして、恥ずかしいことを言っていると思われるかもしれませんが」

「そんなことない。素敵だと思いますよ」

本郷は柔らかな眼差しで陽菜を見つめている。

「……本郷さんはどんなお仕事を？」

ごまかすような陽菜の問いに、本郷は「しがないサラリーマンです」と悪戯っぽく微笑んだ。

その後二杯目のカクテルを飲み終えた陽菜は、やっと気になっていたことを口にする。

「さっき、どうして私を誘ってくれたんですか？」

もしかして陽菜が本郷を知っていたのと同様、彼もまた陽菜に見覚えがあるから誘ってくれたのではないか――そんな淡い期待があったのだ。

「困っている女性を助けたら、その人がとても綺麗だった。今を逃したら駄目だと直感的に思ったから。……こんな軽い理由だと、引きますか？」

残念ながら本郷は、陽菜とバスが一緒であることに気付いてないようだ。それを少し切なく感じながらも、陽菜は表情に出ないよう抑える。代わりに「ちょっとだけ」とわざとらしく答えてみせた。

「困ったな、嫌いになりました？」

本郷が眉を下げる。

嫌いになんてなるわけない。本音はむしろ、正反対だ。

陽菜は、ただの「憧れの人」としてだけではなく、「本郷」という一人の男性にどんどん惹かれていく自分に気付いていた。

彼はグラスが空になるより少し前に、さり気なく陽菜のお酒の好みを聞いてくれる。肌寒さを感じていると、椅子にかけていたショールをそっと肩にかけてくれる。何気ない会話の中で時折見せる、はにかんだ笑顔。グラスに触れる長い指先。

その一つ一つから目が離せない。

それに本郷は陽菜をしきりに「綺麗だ」と褒めてくれる。

憧れの人から発せられた言葉は、陽菜にとってこの上ない賛辞に思えた。

（もしも、この人と恋愛できたら）

そんな期待をしてしまう。

「それにしても、陽菜さんはどうしてあのパーティーに参加していたんですか？　わざわざ婚活なんてしなくても、あなたには男のほうから寄ってくると思うけど」

俺みたいに、と本郷は肩をすくめる。

「そう言っていただけるのは嬉しいけれど、私はそんなにモテません。……モテるのはせいぜい、個性的な人たちにばかりだわ」

「個性的って？」

言った直後に後悔した。気付かないうちに酔いが回っているのだろうか。

前半はともかく後半は、あえて口にしなくてもいいことなのに。

案の定、本郷に突っ込まれる。

「それは、その……」

「その？」

どうやら答えない、という選択肢はないらしい。

陽菜はお酒を一口含んだ後、明後日(あさって)の方向を向いて小さく答えた。

「調教されたい系男子、とか……？」

調教されたい系男子——改めて口にすると、中々、強烈な言葉だ。

一瞬、二人の間に奇妙な沈黙が落ちる。

どんな反応が返ってくるのか気になった陽菜は、ちらりと本郷へ視線を戻した。すると本郷は、じいっと陽菜を見つめた後、ぶはっと噴き出す。

「な、何、それ？　……初めて聞いた、そんなの」

本郷は片手で腹を押さえて笑っている。声こそ大きくはないものの、敬語が崩れているのに気付かないほど、ツボに入ったらしい。

「草食系とか肉食系とかは聞いたことがあるけど、ちょ、調教されたい系って……どんな男だよ。もしかして陽菜さん、女王様になる趣味とかあったりする？」

「なっ！」

女王様。それは陽菜にとって、禁句である。

「私は至ってノーマルです。ＳＭの趣味なんてありません！」

叫んだ直後に、はっとした。

（私、なんてことを……!?）

超高級ホテルの、雰囲気のいいバー。ＢＧＭはグランドピアノが奏でるクラシック、それを彩る眩いばかりの夜景。そんなところで、大声でＳＭとは――

さっと視線を周囲に向けると案の定、いくつもの視線と目が合う。

「もう、やだ……」

恥ずかしい。穴があったら今すぐ入りたいくらいだ。

陽菜はとてもではないが本郷の顔を見ることができなかった。そんな陽菜の肩にそっと彼の手のひらが触れる。

「ごめん、陽菜さん。からかいすぎました」

謝りながらも、彼の声は微かに震えていた。

「……知りません、もう」

「もう言わないから、顔を見せて？」

陽菜さん、と名前を呼ぶ声はとても優しい。いっそう、陽菜は彼を見られなくなる。

すると本郷が焦(じ)れたような声を出した。

「──見せてくれないと、キスするけど」

「なっ……!?」

さすがに陽菜は顔を上げる。すると本郷は、「やっと顔を見せてくれた」と優しく微笑んだ。

(ずるいわ)

そんな顔をされたら、何も言えなくなってしまう。

「……あまり、年上をからかわないで下さい」

せめてもと一言を返すと、本郷は笑いを噛み殺しながら「すみません」と謝ってくる。

その反応を見るに、やはり彼は年下のようだ。それなのにこんなふうにからかわれるなんて、これではどちらが年長者か分からない。

「──どんな男なら、あなたの恋人になれるのかな」

不意に本郷が囁(ささや)いた。

「陽菜さんの好きなタイプを教えてくれませんか? 調教されたい系男子が好みじゃないなら、どんな男が好き?」

今、目の前にいるあなたがタイプです、とは言えなかった。「自分を女王様扱いしない人」とも。

陽菜は代わりの言葉を口に出す。

「……しいて言うなら、『優しい人』かしら」

――あなたみたいに。

最後の部分は心の中だけにしまう。

いつもなら、この手の質問に対する陽菜の答えは「男らしい人」と決まっていた。

それだけを切り取れば、本郷は陽菜のタイプと真逆と言っていい。

端整な容貌は世間一般の「男らしい」イメージではなく、綺麗と言ったほうがしっくりくる。

しかし、本郷からは不思議と男を感じた。「陽菜に叱ってほしい」だなんて願望は微塵も感じない。

（不思議な人）

こうして一緒に時間を過ごしたことで、彼の一面が見えてきたような気がする。

初めは見た目に惹かれ、さりげない優しさが素敵だと思っただけだった。けれど、このパーティーで会い、何気ない会話を重ねた今は、更に好きになっている。

本郷の醸し出す穏やかな雰囲気はとても居心地が良く、まるで真綿にふわふわと包まれている気持ちだ。

（……酔っちゃったのかしら）

今日、陽菜が飲んだのはカクテルを三杯。どれもとても美味しくて綺麗だったけれど、酔うほどではないはずだ。それなのに、体が火照っている。

「顔、赤いですね」

「ごめんなさい。……酔ってしまったのかも」

この空気と雰囲気に――本郷という男性に、酔ってしまったのだ。

陽菜は、じっと本郷を見つめた。

彼の大きなアーモンド色の目は澄んでいて、近くで見ると吸い込まれそうになる。

鼻筋はすっと通り、薄い唇も形が良い。

（本当に、綺麗な顔）

顔だけではない。その唇から発せられる声が低くて心地いいことを、陽菜は知った。

手のひらは思っていたよりも大きくて、スーツに隠れている体はほどよく引き締まっている。高めのヒールを履いている陽菜より視線が高かったところを見ると、身長は百八十センチ以上あるのだろう。

もしもこの胸に抱きしめられたら、一体どんな気持ちになるのか。

「……陽菜さん？」

不意の呼びかけに陽菜ははっとする。同時にカラン、とグラスの氷が溶ける音がして我に返った。

ずっと本郷の唇と胸元を見ていた。

これでは欲求不満のようではないか。物欲しげな顔をしていたらどうしよう、と陽菜は慌てた。

（……はしたない）

「ごめんなさい、少し化粧室へ……」

そう言って陽菜が立ち上がった時だった。

「あっ……」

急に動いた反動で一瞬、視界がゆがみ、ぐらりと脚から力が抜けた。

「――っと」

それを逞しい胸板が抱きとめる。

「大丈夫ですか？」

本郷が陽菜の顔を覗き込んでくる。

年下だろうにこうして触れると、本郷が大人の男なのだと分かった。

「は、はい」

陽菜は急いで体を起こす。しかし今度は、陽菜の腰に添えられた本郷の手が離れることはなかった。

「見た目と違って、そそっかしいところがあるんですね」

意外だな、と耳元で囁かれて、陽菜の背筋がぞくりと震える。

「……ごめんなさい」

よりいっそうの羞恥で、顔が上げられない。それなのに離してほしくない、このまま抱きしめてほしいと思っている自分がいる。

「――陽菜さん」

陽菜の気持ちを読んだかのような低くて心地よい声が、耳朶を震わせた。

「今日、ここに泊まっているんです。部屋に行きませんか」

ああ。私、この人が好きだわ。

自然とそう感じる。

「……あなたのことを、もっと知りたい」

その熱のこもった声に、陽菜は静かに頷いた。

◇

『会ったその日に、なんて私にはハードルが高すぎる』

そんなふうに胡桃に言い返したのは、つい先日だ。

けれど陽菜は今、本郷の部屋に向かっていた。

今だけでいい。一夜限りでいいから、触れあいたい。

そんな、理性をかなぐり捨てても一緒にいたい人が、確かに存在したのだ。

――恋に落ちる。

酔いの回る頭に、陽菜はその言葉を何度も思い浮かべる。

陽菜はまさに、転がり落ちるように本郷に惹かれていった。

本郷が取っているという部屋に行くまでの間、二人は終始無言なものの、手のひらをしっかり重ねたままだ。

（胸が痛い）

陽菜は心臓が飛び出しそうなほど緊張していた。

この先に進むのは怖い。けれどそれ以上に、離れたくない。

もっとこの人を知りたいと強く感じる。

そんな陽菜と本郷を乗せて、エレベーターは上昇する。到着したのは最上階だ。

陽菜の手を本郷が優しく引く。彼が案内した部屋は、二十八年間の陽菜の人生で一度も目にしたことのない豪華な部屋だった。

（ここってもしかして……スイートルーム!?）

驚いた陽菜は本郷を振り返る。するとそっと触れるだけのキスが彼女を迎えた。

ほんの一瞬。瞬きをする間もなく終わってしまったキスに、陽菜はただ本郷を見つめる。

「陽菜さんの嫌がることはしたくない」

「本郷さん……？」

「あなたに触れたい。――いい？」

本郷は陽菜の頬に右の手のひらをそっと添えると、親指で唇をつうっ、となぞった。

まるで愛撫（あいぶ）のようなその感触に、思わず吐息が漏れる。

ただ触れられただけ。それなのに陽菜の体の奥がじんと熱くなった。

彼の左手が陽菜の腰をすくい上げる。唇を確かめていた指先が、額（ひたい）にかかった陽菜の前髪をさらりと後ろに流す。その仕草はとても官能的だ。

まるで、彼もまた一緒にいたいと望んでくれているようで、陽菜は小さく頷いた。その直後、薄くて形の良い唇が重なる。

「んっ……」

初めは優しいキスだった。

本郷は食（は）むように陽菜の唇をなぞる。

ちゅ、ちゅと漏れる甘いリップ音がなんだか恥ずかしくて、陽菜は緊張しながらも吐息交じりの笑みを零（こぼ）した。

「陽菜さん？」

「なんだか……くすぐったくて」

怪訝な顔をした本郷が、今度は大きく陽菜の唇を食む。最初はゆっくりと、次第に激しく変化していく。

「っ……ぁ、まっ」

陽菜は反射的に制止しかけた。けれど本郷は、それを封じるように僅かな隙間から舌先を押し込んでくる。

「あっ……ん……ほんごう、さ……」

本郷の舌先が奥に引っ込もうとした陽菜の舌を搦めとる。彼はそのまま感触を楽しむように舌先で陽菜の口内を愛撫した。

陽菜の反応を確かめているのか、次々と降るキス。

ぴくり、と体が震えると大丈夫とでも言いたそうに頭をそっと撫でられる。

吐息交じりに名前を呼ぶと、とろけるような甘い視線で応えてくれた。

強引さは微塵も感じられない、どこまでも陽菜の気持ちに沿った紳士的なキス。

もどかしいほどの優しい愛撫に、陽菜の体の奥が熱を帯び始める。

とろけそうな感覚に息苦しさを覚えた陽菜は、目の前の胸を押した。

すると本郷がその手を優しく包み込む。

「……怖い？」

耳元でそっと囁かれ、大袈裟なくらい陽菜の体が反応した。ぴくん、と肩が震えてしまい、急いでふるふると首を横に振る。

怖い、なんて。

むしろ優しくて——優しすぎて、どう反応したらいいのか分からない。

「陽菜さん、可愛い。……可愛すぎて、困る」

『可愛い』

それは、陽菜が憧れ続けた言葉だ。綺麗と言われたことはあるけれど、そう言ってくれた男性は今までいなかった。

嬉しさと、口づけの甘さでとろけそうになりながら、陽菜はそっと本郷の背中に両手を回す。するとそれに呼応するように、いっそう口づけが深くなった。

それは、初めての本格的なキスだ。

キスも、その先も、一応経験はある。しかしそれらは本当にただの「経験」だ。最初で最後の彼氏との「行為」は、ただ彼の欲望を満たすだけのもので陽菜にはなんの感動も快楽も与えなかった。

でも、このキスは違う。

(こんなの知らないっ……)

キスが気持ちいいだなんて知らなかった。

少女漫画のキス描写にときめく一方で、「そんなにいいものじゃないのに」とずっと思っていたのだ。しかし今なら漫画が正しかったのだと分かる。

（……気持ちいい）

頭がとろけそうになる。

しかし恋愛偏差値の低い陽菜は、この先どうすればいいのか見当もつかなかった。できるのはただ、本郷から与えられるキスを必死に受け止めるだけだ。

「んっ……ぁ」

息苦しさを覚えて口を開いた陽菜の耳元に「鼻で息をしてごらん」と声が降る。言われたとおりにすると、「そう、上手」と甘やかに褒めてくれる。

唇で、舌で、声で。陽菜は、五感全てで本郷を感じていた。

冷えかけていた肌がじんわりと熱を持って、どんどん体内で激しさを増す。

「あっ……」

深まるキスにじんと体の芯が疼いて、思わず脚から力が抜けた。そんな陽菜の体を本郷が片手で受けとめ、不意に抱き上げる。

「ほ、本郷さん？」

「ごめんね、危ないから少しだけじっとしていて」

そして陽菜が連れていかれたのは、豪奢なキングサイズのベッドが置かれた寝室だった。

ふわり、とまるで宝物を扱うように、本郷は陽菜の体をベッドの上へ横たえる。そして自ら(みずか)も上着を脱いでベッドに乗り上げると、しゅっと喉元から引き抜いたネクタイを放り投げ、陽菜にまたがった。その男らしい仕草に、陽菜の胸は一気に高鳴る。

ドクン、ドクンと心臓が激しく脈打ち、体中の血が駆け巡った。

「怖がらないで」

「あ……」

彼の言葉で、陽菜は自分が無意識に体を強張らせていたことに気付いた。それを和(やわ)らげるように、彼が陽菜のこめかみにちゅっとキスをする。

「気持ちいいことだけをしよう。あなたが嫌がることは、絶対にしない」

――だから。

「俺に任せて？」

その甘やかな懇願(こんがん)に、陽菜は静かに頷いた。

すると再び優しいキスの雨が降る。

こめかみから目尻へ、そして唇へ――

「んっ」

彼の唇が首筋に触れた瞬間、陽菜はくすぐったさで身をよじる。すぐにささやかな触れ合いは甘い愛撫へ転じた。

不意に本郷がちゅっと音を立てて陽菜の首筋を強く吸う。瞬間、チクン、と鈍い痛みが走った。

（え？　キスマークをつけられた……？）

しかしそれを聞く余裕なんてない。本郷の手のひらがそっと陽菜の胸に触れる。

初めは服の上からやわやわと揉んでいたそれは、陽菜の腰をするりと撫で、まくり上がっていたワンピースの裾へ入り込んだ。

「あ、そこはっ……！」

陽菜は片手できゅっと裾を掴み、その手を押しとどめる。

本郷は強引に踏み入るようなことはせず、代わりに「……ダメ？」と聞いてきた。

その自然な上目遣いにきゅん、とときめく。

（それは、反則よっ……！）

陽菜の理性を飛ばすくらい「男」を見せたかと思えば、こんなふうにあざとい表情を見せる。

本郷の声、指先、表情に翻弄されて、抗えない。

「ダメじゃ、ない……」

陽菜は握っていた拳をすっと解く。すると本郷は開いたその手のひらに片手を絡ませて、空いた片手を今一度、ニットワンピースの中へ滑り込ませた。

「あ……ん、くすぐったい……」

ストッキング越しに太ももを二度三度と撫でられ、くすぐったさ以上のもどかしさに襲われる。下肢の中心が熱くて、無意識のうちに膝と膝を擦り合わせてしまうのが恥ずかしい。

陽菜は無意識に太ももをきゅっと閉じる。そんな陽菜を見て本郷がくすりと笑った。

「……本当に可愛い反応をする人だな」

本郷は「最高」と薄く笑った。

その笑みには、今までとはまるで違う——激しい欲が灯っているような気がする。

ほんの一瞬だけ見えかけた炎。それはすぐに陽菜の意識の外へ追いやられた。

「あっ……！」

太ももを撫でていた本郷の指先が、ストッキング越しに陽菜の下着をするりと撫でる。

「やっ……ん、あっ……！」

中心を押されたその時、そこがじわりと濡れていることに気が付いた。

「——濡れてる」

本郷に改めて指摘されて、陽菜の頬に熱がたまる。

「ストッキングまで、もうびしゃびしゃだ」

「言わないでっ……やぁ……」

中心を撫でていた指先がそこを押した。途端にくちゅ、といやらしい音が陽菜の耳に届く。

本郷に触れられているという事実。何よりも直接与えられる甘い刺激に、体は自然と小刻みに震えてしまう。本郷はそんな陽菜の脚から、するりとストッキングを抜き取ると、足首にちゅっとキスをする。

「や、そんなところっ……！」

（シャワーも浴びてないのに！）

陽菜は慌てて上半身を起こそうとするけれど、指先でくいっと芯を押され、瞬間、腰から力が抜けてしまった。

「どうして？　こんなに綺麗な脚なのに」

「だって、汚いっ……！」

「陽菜さんに汚いところなんて一つもないよ」

「あっ！」

本郷は陽菜の脚の間に体を滑り込ませると、その両脚を持って左右に開いた。

ワンピースはもはや腰のあたりまでまくれ上がり、陽菜は下半身全てを本郷に晒してしまっている。その羞恥に息も絶え絶えになり、「待って」と懇願しようとするけれど、それもまた本郷の微笑み一つに封じられた。

「ここも」

膝の裏をなぞるように撫でられる。

「ここも」

太ももをつうっと手のひらが滑り、唇が落ちる。

「……ここも」

そして太ももの付け根をぺろりと舐められた。

「全部、綺麗だ」

その瞬間、陽菜の体は大きく跳ねた。

はあはあとベッドの上に身を投げ出すと、本郷が優しく見下ろしてくる。その表情は微笑んでいるのに、まるで獣のような獰猛さだ。

本郷が、下肢の力が抜けた陽菜の下着をするりと引きずり下ろす。そしてそっと、淡い茂みに触れた。初めは撫でるようにやんわりと。しかし度重なる愛撫によってとろとろに溶かされていた陽菜のそこは、すぐに本郷の指を濡らしてしまう。

指先が、陽菜の花芯に触れた。

「あっ、そこはっ……！」

——キスの、その先。

頭では理解していた。そうなることを陽菜自身も望み、本郷の手を取った。しかしいざ実際に触られると、一瞬で快楽に意識を引きずられる。甘やかなのに、焦らすような本郷の愛撫があまりに気持ち良すぎて、陽菜の体は小刻みに震えてしまう。

そんな陽菜の耳元で、本郷は言った。

「大丈夫。力を抜いて」

彼はつぷん、と指先を沈めた。陽菜の体はそれをきゅっと締めつける。本郷は時間をかけて解していった。

「陽菜さん、可愛い。こっちを向いて。……感じている顔を見せて」

指先だけではなく、声でも愛撫される。

本郷はゆっくりと挿入を深めていった。そして中指が、ある一点をつく。

――一瞬、陽菜の視界が真っ白に染まった。

ぴくん、と腰が大きく跳ねる。すると本郷が一瞬動きを止め、そこを重点的に攻め始めた。

「あっ、そこ、だめぇ……！」

たまらず上半身を起こした陽菜は、本郷の背中に両手を回してきゅっとしがみつく。

それが挿入を深めることになった。

けれど本郷の動きは変わらず陽菜を気遣うように緩(ゆる)やかで、もどかしくてたまらない。気持ちいい。気持ちいいのに、くすぐったくて、もどかしくて、意識が遠のきそうになる。本郷さん、と息を切らしながら呼ぶと彼はふわりと笑い、「陽菜」と初めて呼び捨てた。

「あっ……！」

その声に熱が高まる。

向かい合った二人は今一度深くキスをした。その間も、本郷の指は挿入を繰り返す。舌先をぺろりと舐め、下肢の中心を絶え間なく攻め続けた。

──もう、何も考えられない。

陽菜は無意識に本郷に縋(すが)り付いていた。本郷も片手で陽菜の後頭部を抱え込み、口づけを深める。

瞬間、視界が弾けた。

「──っ……！」

びくん、と体を大きく跳ねさせた後一気に脱力した陽菜を、本郷が優しく抱きとめる。

「上手にイけたね」

「い、く……？」

呼吸が荒く意識がぼうっとしたままの陽菜は、知らず舌ったらずになってしまう。

「もしかして達するのは初めて？」

そう聞かれて、陽菜は小さく頷く。

あんなに気持ち良かったのも、頭の中が真っ白になって、自分がどこにいるのか分からなくなるような感覚も、全部――

「――あなたが、初めてよ」

陽菜は、ふわりと笑う。すると本郷は一瞬固まった後、「ああもう！」と髪をかき上げた。そして、陽菜をそっと抱きしめる。

「本郷さん？」

名前を呼ぶと本郷は無言で両手に力を込めた。陽菜は戸惑いながらも、その背中に両手を回す。

（……不思議）

直前までドキドキのあまり、心臓が飛び出るかと思っていたのに。

達した直後の今、体が少しけだるくて、睡魔が訪れている。加えて彼の体温が心地いい。

――どうしよう。なんだか、とても眠いわ。

一瞬船をこぎかけた陽菜に本郷も気付いたらしい。

彼は苦笑しながらも、「今日はここまでにしよう」と陽菜の体をそっとベッドに横たえた。柔らかな感触に包まれると、それだけで一気に眠気が強まる。

「でも……」

（本当に、ここで終わり？）

陽菜の言葉を本郷はキスで封じる。

「続きはまた明日。朝起きたら、覚悟して下さいね」

そしてとろけるような笑みで宣言した。

――朝になるまで、この人と一緒にいられる。

それは、この上なく幸せなことのように思えた。

陽菜は本郷にずっと抱きしめられながら眠りについたのだった。

◇

――ふわりと誰かが頬を撫でている。優しい手つきがくすぐったくて、気持ちいい。

翌朝、陽菜は表情を綻ばせ、ゆっくりと目を覚ました。

「ん……あれ、朝……？」

ベッドにいたのは陽菜一人だ。

陽菜はふわあと大きなあくびを一つして、両手を天井に向け伸びをした。段々と意識が覚醒し始める。

真っ先に目に飛び込んできたのは、自分の素足だ。ワンピースは着ているのに、ストッキングと下着は脱いでいる。

（そうだ、私、本郷さんと……）

一瞬にして昨夜の出来事がフラッシュバックした。

撫でるように陽菜の肌を滑る指先、決して強引ではないのに陽菜を捕らえて離さなかった口づけ、そして耳元でそっと名前を呼ぶ低く掠れた甘い声。

人と触れ合うのがあんなにも気持ちいいなんて、知らなかった。

まるで全てが初めてのような感覚だ。

たった一夜で、自分の中身がそっくり入れ替わってしまった気分になる。

それくらい陽菜にとっては刺激的な夜だった。

先ほど頬に感じたぬくもりは、きっと本郷のもの。

けれど彼は今、ここにいない。

陽菜はベッドから起き上がり、少し悩んだ後にそっと下着とストッキングを身につけ、服の乱れを直す。

下に何も穿いていない状態で本郷を待つのは、やはり落ち着かない。

（これで終わりじゃない……のよね）

キスと軽い触れ合いだけであんなにも意識がとろけそうになったのに、この先を知ったらどうなってしまうのだろう。

正直なところ、不安はある。

陽菜が最後に異性と夜を過ごしたのは、もう何年も昔の話だ。

がっかりされたら、変なところを見られたらどうしよう——そんなふうに心配してしまう。

もしもなかったことにするのなら、本郷のいない今がチャンス。

(……でも)

——彼に触れたい。触れてほしい。

そう望む自分を、陽菜は自覚していた。

(本郷さん、シャワーでも浴びているのかしら)

陽菜はそっと寝室の扉を開く。すると、バスルームのほうから本郷の話し声がした。

どうやら脱衣所で電話をしているらしい。

起きた時に隣にいなかった寂しさを振り払い、陽菜は自分もスマホを確認しておくことにした。

パーティーを抜け出すことは伝えているけれど、それ以降は連絡しなかったので、もしかしたら胡桃から連絡が入っているかもしれない。身一つで寝室に連れてこられた陽菜のバッグは、リビングに置いたままだ。

陽菜は本郷の電話の邪魔にならないよう、足音を殺してそちらへ向かう。そしてバッグを掴んだ、その時、彼の言葉が耳に入った。

「――ほんと、かなり意外だった」

思わず手を止め、耳を傾ける。

「彼女の理想どおりに動いたら、上手くいったよ」

(今、なんて……？)

一瞬、耳を疑った。

聞き間違いかと思ったが、本郷の声はまだ続く。

「優しい男が好きだって言うからね。……笑うなって。成功したんだからいいだろ？

まあ、正確に言えば成功の一歩手前だけどね」

本郷は笑いながら肩を揺らす。後ろ姿からはその表情を読み取れないが、声も口調も
雰囲気も、昨夜の紳士的な彼とはまるで別人のようだ。

「でも、正直見た目と全然違ったよ」

それまでの熱が嘘みたいに一気に引いていく。

嫌だ、聞きたくない。そう思うのに、一度拾ってしまった声を聞き逃すことができない。

「まさか、彼女があんな性格だと思わなかった」

何度も陽菜を悩ませてきた、その言葉。

――結局、この人も同じなの？

痛い。

胸に針が突き刺さったようにちくちくする。

(彼だけは違うと思ったのに。やっぱり、私の見た目に寄ってきたんだ)

次いで純粋な怒りが湧き上がる。

陽菜は本郷に気付かれないよう静かにリビングへ戻った。そして財布から取り出した一万円札を五枚全部テーブルに置くと、きっと前を向いて歩きだす。

(馬鹿みたい)

あんなふうに浮かれた自分が。

本郷とならずっと憧れていた恋愛ができるかもしれない、そう思ったのに……

(――本気だったのに)

「陽菜さん?」

入り口のドアノブに手をかけたその時、陽菜は後ろから呼び止められる。ピタリと止まって振り返ると、本郷が慌てた様子でこちらに向かってきていた。

「来ないで!」

「陽菜さん、どうし――」

「ごめんなさい。私も、あなたに嘘をついていました」

「嘘……? それに私もって」

陽菜は本郷の言葉を遮ってきっぱりと言う。

「私、本当は男らしい人が好きなんです」

「は……？」

「昨日の飲み代とホテル代はテーブルの上に置いておきました。足りないかもしれませんが、今はそれしかないので……一応ご確認下さい」

こうなったらもう止まらない。

態度を切り替えた陽菜は、全身から近寄るなオーラをほとばしらせて、笑顔を貼り付けたまま淡々と続ける。

「ちょっと待って、陽菜さん、俺は――」

「最後に、忠告させていただきます」

本郷に最後まで言う隙を与えずにこりと笑う。

「――あまり、年上をからかわないことね！」

そして陽菜は、ホテルの部屋から駆け出した。

2

「陽菜さん、婚活パーティーどうでした？」

週明けの月曜日の昼休み。

当然報告してくれますよね、とばかりに聞いてくる小宮に、陽菜はため息をぐっと堪(こら)えた。

彼女の誘いでパーティーに行った以上、話を避けられないことは分かっていたけれど、どう説明すればいいのやら、全く思いつかない。

「……残念だけれど私には縁がなかったみたい。せっかく譲ってくれたのにごめんね」

とりあえず笑顔でごまかす。すると小宮は、見るからにがっかりした様子で眉を下げた。

「気になる人とか、いいなあって思う人もいませんでしたか？」

「ええと……」

陽菜は言葉を詰まらせてしまう。その一瞬を小宮は見逃(みのが)さなかった。

「あっ。その反応はいたんですね！」

「一人いたけど、私は彼のタイプじゃなかったみたい。だから報告できるようなことは何もないのよ」

小宮は「陽菜さんを振るなんて信じられない」と、驚いた顔をする。

「その人、女性の理想が高すぎるんじゃないですか？」

「それは分からないけれど、モデルの美波さんみたいな女の子らしい人が好きみたいね」

陽菜は肩をすくめる。

「うーん……確かに陽菜さんと美波じゃタイプが違うかも。でも、美波って見た目は可愛いけど、テレビとか見てると結構はっきりものを言う人ですよ。どちらかというと陽菜さんのほうが中身は女子っぽいと思うけどなあ」

「女子っぽいって、私が？」

後輩からの意外な答えに陽菜は目を瞬かせる。すると小宮は「そうですよ！」と力説した。

「初めて言われたわ……」

「確かに陽菜さん、見た目はバリキャリだし実際仕事ができるから、あまり親しくない人からすると高嶺の華ですけどね。簡単に話しかけちゃいけない雰囲気があるというか――」

「そう言う割に、あなたは初日から結構ぐいぐい来たけどね」

「凄く緊張してましたよ。この人絶対厳しいって思いましたもん。でも話すと見た目の印象と違って驚きました。それに陽菜さんが作るお菓子、美味しいですよね。お菓子作りが趣味ってだけで女子力高いです。そういう陽菜さんの可愛いところ、私好きですよ。だから陽菜さんを振った人のことなんて忘れて、次に行きましょう！」

小宮は、また良さそうな企画があれば紹介します、と食い気味に言う。

まさか彼女にこんなふうに励まされるとは思わなかった。なんだか嬉しいようなくすぐったいような気分になる。

「ありがとう、私も小宮さんのこと好きよ」

陽菜はくすりと笑ってお礼を言った。

その日の仕事を珍しく定時で終えた陽菜は、いつもどおりバスに乗り込んだ。

同時にバスの中に貼られたポスターが視界に飛び込む。こちらにルージュを見せ可愛らしく微笑んでいるのは美波だ。

彼女の姿はどうしたって本郷を思い出させた。

あの夜の陽菜は、本気で本郷のことを「好き」だと感じていた。

——触れたい、抱きしめてほしい、キスがしたい。

そんなふうに理性を超えて「一度だけでも」と願えた相手は、彼が初めてだった。

でも、あの夜の彼は本当の彼ではない。

──あれも経験のうち。失敗は成功の元。あの夜のことを教訓に、次の相手を探せばいい。

きっと世の中の女性の多くはそうやって上手に気持ちを切り替えているのだろう。

自分もできればそうしたい。

でも、バスで見かける彼もバーでの彼も、ベッドの中で宝物みたいに陽菜に触れた彼も、それら全てが嘘だと思えなくて、悶々(もんもん)としてしまう。

彼について知っているのは、名字だけだ。

『自分にはもう関係ない人』

そう割り切ることができるのは、もう少し先の話になりそうだった。

それから陽菜は、彼を忘れるためにも取りつかれたように働いた。

もともと今月末には、例の企画コンペの締め切りがある。

頭の中を仕事一色にして、強制的に本郷のことを考える時間を減らしたのだ。

時間の余裕が少しでもある日はジムに通う。けれど、土日は最低限の家事をこなすだけで、趣味のお菓子作りをする気にもなれず、ひたすらだらだらと過ごした。立派なプチ引きこもりの完成であるが、仕方ない。

その間、何度か胡桃から食事のお誘いがあったものの、陽菜はそれも断っていた。

今、彼女に会う気にはなれない。会えば、絶対に婚活パーティーについて聞かれる。それは避けたかった。

楽しみにしていた水曜日のバスの時間も、あえてずらしている。

だから、陽菜はあれ以来一度も本郷の姿を見ていない。

気付けば数週間が過ぎようとしていた。

◇

三月上旬のとある金曜日の夕方。取引先から帰社した陽菜は、部署の雰囲気がいつもと違うように感じた。

「朝来主任、お帰りなさい」

「小宮さん、お疲れ様。まだ残っていたのね。残業？」

「いえ、もう帰ります。ただいくつかチェックしていただきたい書類があって。期日にはまだ余裕があるんですが、確認をお願いしてもいいですか？　もちろん、戻しは来週で大丈夫です」

「分かったわ」

いくつかの書類を手渡された陽菜は、先ほどから気になっていることを小宮に確認した。

「……ねえ、小宮さん。何かあったの？」

「何か、ですか？」

「部内の空気がなんとなく浮ついているというか……」

　年度終わりのこの時期はどこの部署も忙しなく、昼前に陽菜が会社を出る時はピリピリとした空気が漂っていた。しかし今は一転して浮かれているような気がする。

「主任が外出されている間に、来年度の人事について内示が下りたんです」

「もうそんな時期なのね」

　三月末で課長を含めた数人が異動することは耳にしていた。確かに上司が代われば職場の空気は変わる。しかし、それだけでこんなに、そわそわするものだろうか。

　怪訝な顔になる陽菜に小宮は「実は」とやや興奮気味に耳打ちをした。

「噂によると、うちの部署に来る新人君が相当なイケメンらしいんです」

「……なるほど」

「今日、用事があって総務部に顔を出したみたいなんですけど、彼を見た社員が『とにかくカッコよかった！』って騒いで。だからかもしれませんね」

　てっきり何かイレギュラーな事案でも発生したのかと懸念していた陽菜は、拍子抜けした。そんな態度が気に入らなかったようで、小宮が少しだけ面白くなさそうな顔をする。

「主任、反応薄いです」

「素直な感想を表したまでよ。新人さんがイケメンでもそうでなくても、私には関係ないもの」

「こういうのにアンテナを立てておくのも大切なんですからね！」

「……アンテナ、ね。でもあなたは年上が好みって言ってなかった？」

「前の最低彼氏が年上だったから、今度は年下もいいかなーと思ってます」

「はいはい。とにかく、この話の続きは、また飲みに行った時にでもしましょう」

「ええ～、そう言いますけど、私もう三回も主任にお誘い断られてるんですよ」

陽菜は「落ち着いたら必ず」と約束することでなんとか後輩をなだめる。

「――ほら、小宮さんも最近残業続きだったでしょう？　まだ忙しい時期は続くのだから、帰れる日は帰らないと」

陽菜は肩をすくめてデスクにバッグを置くと、まだ何か言いたそうな小宮に苦笑した。

「この書類のことなら心配しないで、週明けには必ず戻すわ」

「よろしくお願いします。……陽菜さんも忙しいのは分かりますが、あまり無理しないで下さいね？」

「ええ、ありがとう」

帰っていく後輩を見送ると、陽菜は静かにため息をつく。そして、受け取ったばかりの書類に目を通し始めた。

いくつか気になる部分に付箋(ふせん)を貼って、赤字でアドバイスを加える。その後メールチェックをして、必要なものに返信をしていった。

その間に、部署の人間は次々と退社していき、午後八時を過ぎる頃にはフロアにはすっかり人が少なくなる。

（そろそろ帰らないと）

人並みに「早く帰りたい」「家でのんびりしたい」と思う陽菜だけれど、ここ一か月は仕事が忙しくて本当に良かったと心底感じた。

帰宅の準備をしている途中、少しだけテンションの高かった小宮の姿が頭をよぎる。

どんな新人が入ってくるのか興味があるのは陽菜も同じだが、そこに後輩と同じほどの熱は持てなかった。

「イケメンの年下……ね」

脳裏に浮かぶのは、一人だけ。

——そんなのしばらくは、こりごりだ。

陽菜は勢いをつけて席を立った。

それからも、ふとした時に本郷のことを思い出すものの、陽菜は日々を忙しなく過ごした。

◇

気付けば、送別会も終わり、新年度である四月を迎える。

今日、商品企画部の雰囲気は浮ついていた。

それもそのはず、「噂のイケメン新人君」の初出勤日だからだ。

女性社員はいつも以上にお化粧に力が入っている。特に独身女子はどことなく気合を入れているようだ。

いつもどおりの女性社員は陽菜くらいだ。小宮に『陽菜さんテンション低い！』と朝一番に言われてしまったけれど、これぱかりは仕方ない。

（私はそれより課長のほうが気になるわね）

新人の指導係は別の男性社員が担当になったので、直接かかわることはほぼない。一方、新課長は陽菜の直属の上司だ。今後の仕事を円滑に進めるために、その人となりはとても重要である。

新たに商品企画部配属となったのは二人だった。課長と新入社員で、どちらも男性。

イケメンと評判の新人佐藤君と、本郷課長だ。

——本郷奏介。

内示で名前を見た瞬間、「まさか」と呼吸が止まりかけた陽菜は、そんな自分に苦笑した。

比較的珍しい苗字ではあるけれど、この会社にも本郷姓は二人いる。

何より本郷課長は陽菜より年上だ。新人君の名前が本郷だったとしたら、陽菜はこんなに落ち着いていられなかっただろう。

普段どおりにパソコン画面と手元の資料に目を通していると、ざわりと周囲の雰囲気が変わった。他の社員が一斉に立ち上がったところを見ると、本郷課長と佐藤がフロアに入ってきたようだ。

陽菜はちらりと視線をそちらに向けて、思わず声を上げそうになる。

「なっ……！」

動揺を必死に押し殺して皆と同じように立ち上がった。いきなり妙な声を上げた陽菜に周囲は不思議そうな顔を向けるが、すぐに新人のほうへ戻す。

新しく配属になった二人は、部長の傍らに立っていた。

「皆さん初めまして、本日より商品企画部所属となった本郷奏介です」

——ホテルで別れたはずの彼が、そこにいた。

（どうして、本郷さんがここにいるの……!?）

二か月近く無理やり心の奥底に押し込めていた記憶が、一気にフラッシュバックする。

思い出すと辛くなるからと、ひたすら仕事に打ち込んでも完全に忘れることができなかったあの夜の記憶が、映像が、気持ちが、蘇る。

頭の中が真っ白になった。

どうして、なぜ。

固まる陽菜を前に、「本郷課長」は笑顔――陽菜が一目ぼれした優しいあの顔で挨拶を続ける。

（課長……？　ということは、まさか）

彼は、年上？

白昼夢を見ているようだ。心臓がドクドクと早鐘を打ち、胸が痛い。

おかげで陽菜は、その後続いた本郷の自己紹介をほとんど聞いていなかった。

なんとかその場にいるだけで、いっぱいいっぱいだ。

本郷が話し終わると、新入社員の番になる。上司が紹介したもう一人は、まだスーツに着られているような青年だった。

「佐藤です、一日も早く皆さんのお役に立てるように頑張ります！」

佐藤はガチガチに緊張した様子でお決まりの挨拶をして深く頭を下げる。

その初々しさは微笑ましいし、真面目そうな雰囲気は好感が持てるけれど、絵にかいたようなイケメンではない。

どうやら陽菜の耳に届いた噂（うわさ）は二人の情報を混同していたらしかった。

二人並ぶと、さすがに本郷は新入社員には見えないけれど、若々しいのは間違いない。

呆然とする陽菜をよそに挨拶（あいさつ）を終えた二人は、上司に連れられて他部署に挨拶（あいさつ）へ向かう。

その一瞬、アーモンド色のあの瞳が確かに陽菜を捉（とら）えた。

「っ……！」

彼の口元が弧を描く。

まるで、「見つけた」と言わんばかりの微笑だ。周りが仕事に戻る中、陽菜はぽかんと口を開けてその場に立ち尽くした。

「朝来主任」

隣のデスクの小宮が、陽菜の肩を揺する。

「すっ……ごい！　イケメンでしたね！」

はっと振り向くと、彼女は満面の笑みを浮かべていた。

「噂（うわさ）の彼が新人君じゃなくて課長だった、っていうのは意外でしたけど」

まあ新人君も普通にいい子そうだったし、今年はアタリですね、と小宮は無邪気に続ける。しかし陽菜は、未だ驚愕（きょうがく）から抜けきれずにいた。

（……課長？）

――本郷が、陽菜の新しい上司。

憧れの人から好きな人になり、最後には苦い思い出だけを残した人。そんな人が、突然上司として現れた。あまりに急展開で頭がついていかない。

ふらり、と足元がふらついた。

「でもあの顔で三十二歳っていうのも驚きですよねー」

小宮の声で我に返る。

「三十二歳⁉」

「そうですよ。さっき課長ご自身が言ってましたよね、『若く見られるけれどこれでも三十二歳です』って。聞いてなかったんですか？」

衝撃的なことが重なりすぎて、頭に入ってこなかった。

三十二歳ということは陽菜より四歳も年上ということになる。

――あの夜、年下と言った陽菜を、彼は否定しなかったのに。

陽菜は訳が分からなくなった。

「そういえば本郷課長、さっき主任のことを見ていませんでした？」

「そ、そうかしら？」

「見てましたよ！　見惚（みと）れてたのかなーと思ったけど、でも陽菜さんには関係ありませんよね。だってどこからどう見ても課長、草食系っぽいし」

小宮は悪びれることなく言い切る。

関係ないどころか一線を越えそうになった間柄だとは、口が裂けても言えない。

深呼吸した後、陽菜は「さあ、もう雑談は終わりにしましょうね」とさり気なく小宮を促して自らのデスクへ戻った。

幸い本郷は今フロアを離れている。この間に冷静になろう。

今は仕事中。いつまでも現実逃避なんてしていられない。

けれど、時間が経てば経つほど色んなことを考えてしまって、頭の中で「どうして」と「なぜ」を何度も繰り返す。このままでは、とてもではないが仕事にならない。

「小宮さん、コピー用紙の在庫が少なかったから、資材庫に取りにいってくるわね」

陽菜は急ぎの案件がないことを確認して立ち上がる。

「それなら私が行きますよ？」

「大丈夫。ちょっと体も動かしたいし、すぐに戻るわ」

ほんの少しでいい。頭を切り替える時間が欲しかった。

陽菜は台車を用意して、地下の資材庫に向かった。

ざわめいていたフロアと違い地下はひんやりとしていて、今の陽菜にとっては心地てだ。

良い。

新人の頃はよくここに備品を取りに来たけれど、こんなふうにサボりに来たのは初めてだ。

まさかあんな形で彼のフルネームを知ることになるなんて、思わなかった。

――本郷奏介。

思わず呟くと、それに応える声がする。

「……奏介さん、か」

「――俺のことを呼んだ、朝来主任？」

「ひゃっ！」

驚いた陽菜は後退り、脚がもつれた。

「……っと、危ない。意外とそそっかしいよね、君」

声の主がバランスを崩した陽菜の腰をすかさず片手で抱きとめる。同時にパチン、と照明のスイッチが入った。そうして目の前に現れた顔を見た瞬間、陽菜の心臓はドクン、と大きく跳ねる。

「どうしてここに――」

「ここにいると小宮さんに聞いたから」

「そうじゃなくて！」

　ダメだ。言葉が上手くまとまらない。

　予期せぬ再会で混乱している上、ホテル以来の至近距離。何より腰に添えられた手のひらをやけに熱く感じて、陽菜は慌てて本郷の胸を押し返した。

「課長が……三十二歳って、どういうことですか？」

　陽菜はゆっくりと距離を取る。そんな彼女に本郷は「猫みたいだな」とからかうように笑った。

（猫……？）

　意味が分からない。陽菜はあからさまに眉根を寄せた。

「今の君は、爪をむき出しにして毛を逆立てた猫みたいだと思ってね。婚活パーティーの時とは随分違う」

　そうなるのは当然だと言い返したい気持ちを、陽菜はぐっと堪える。ここが社内でなければ叫んでいただろう。

　そんな陽菜の内心などお構いなしに彼は続けた。

「実際、君の爪痕はあれからしばらく俺の背中に残っていたけど」

「爪痕？」

「覚えてない？　——あんなに、俺に必死にしがみついていたのに」

　爪痕。背中。甘くとろけるような愛撫に耐えられず、彼の背中に両手を回したあの夜の記憶が蘇る。

「なっ……！」

「ああ、今はもうすっかり消えたから気にしなくて大丈夫だよ。それにあんなに可愛い爪痕なら大歓迎だ」

「――お願いですから、もう何も言わないで下さい！　ここは職場です」

「そうだね。でも、今ここには俺と君の二人きりだ」

微笑む本郷の瞳に火が灯る。こちらを射るような視線に陽菜は息を呑んだ。

――これは、誰？

陽菜が知っている本郷は、常に紳士的な男だった。陽菜の嫌がることは決してしない。それなのに今目の前にいる彼は、容赦なく陽菜を追い詰める。まるで別人だ。

「陽菜」

あの夜を思わせる甘い声で呼ぶ。

陽菜は思わず後ろに下がるものの、そこは行き止まりだった。

棚に背中を付けて身構えると、本郷は獲物を狙う肉食獣みたいに目を細める。

明らかな熱のこもった視線に、陽菜の背筋が震えた。

カチャリ、と鍵が締まる音がする。本郷が後ろ手で締めたのだ。

「どうして締めるんですか!?」

「そうしないとまた逃げられるから」

「逃げるって……」

確かにあの日の陽菜は本郷を置き去りにした。しかしそれは彼の電話を聞いたためだ。

『あんな性格だと思わなかった』と言われて、平気で顔を合わせられる訳がない。

思い出すと未だに心が疼く。

あの夜以来、忘れることはできなくとも、思い出す回数は減ってきていたのに。

唇を引き結んだ陽菜は、きゅっと拳を握る。

それにもかかわらず本郷がゆっくりと近づいてきた。

「陽菜」

今一度名前を呼んで、片手を陽菜へ伸ばす。

（キスされる!?）

たまらず陽菜はきゅっと瞼を閉じた。けれど、覚悟した瞬間はいつまでたってもおとずれない。

「運ぶのは、ここにあるものでいい？」

不意に本郷に尋ねられる。

「へ……？」

「だから、コピー用紙」

ぽかんと口を開ける陽菜に、本郷は「何を想像したの？」とにやりと笑った。からかわれているのだと気付いた陽菜は、咄嗟に言い返しそうになるのをぐっと堪える。これ以上彼のペースに巻き込まれてはいけない。

深呼吸をして冷静になろうとする。

「私が運びますので、大丈夫です」

そう言うと、本郷は「何を言ってるの」と目を瞬かせた。

「こういう力仕事は男の仕事。少なくとも俺はそういう考えだから」

呆気に取られる陽菜をよそに、本郷はテキパキとコピー用紙を荷台に乗せ始める。陽菜は何度か手伝おうとしたけれど、「いいから」とまるで手を出させてくれなかった。

（……そうだわ、今のうちにドアを開けよう）

そうすれば密室ではなくなるし、先ほどのように迫られることもないはずだ。

陽菜は急いでドアに手をかけた。

「さて、終わったよ。――それで、陽菜」

ドアノブに伸ばした陽菜の手は、背後から掴まれる。

「また君はそうやって逃げるの？」

「本郷さっ……！」

「少し隙を見せたらすぐにこれだ。あの時は逃がしてしまったけど――二度目は、ないよ」

背中を向けた陽菜に覆いかぶさるように、本郷が耳元に声を降らせる。

ただ耳元で話しているだけ。分かっているのに彼の微かな息遣いが耳朶にかかると、背筋がぶるりと震える。

そんな陽菜に本郷が更なる追い打ちをかけた。

「陽菜」

「っ……！」

あの夜のベッドの彼を彷彿とさせる甘い声に、かくんと膝の力が抜けそうになる。本郷は陽菜の腰をそっと支えると、自分のほうへその体を反転させた。

「どうしてあの夜、突然帰ったのか教えてくれる？」

「それは、あなたがっ！」

「俺が、何？」

あなたが嘘をついていたから。そう言おうとした陽菜はくっと口を閉ざす。

「……今は仕事中です。今すぐこの手を離して下さい。本郷課長」

あえて呼称に力を込めて見つめ返す。しかし本郷は余裕たっぷりの表情で「へえ」と唇の端を上げた。

「俺が上司ってことにあまり驚いていないんだな」

その言葉に、陽菜は心の中で反論する。

何を言っているのか。驚きと予想外の展開の連続で、何を言えばいいのか分からないだけだ。

「ならこれは上司命令だ。あの日帰った理由を話しなさい」

「なっ……公私混同がすぎます！」

「今更。それを言うなら、俺と顔を合わせるのが嫌でここに逃げてきた君も同じだと思うけど？」

年下だと思っていた。無邪気な笑顔にきゅんとして、母性本能をくすぐられていたのに。今、目の前にいるこの人は、とんでもなく黒い本性を笑顔の下に飼っている。

「……まあ、いいか。確かに君の言うとおりだ。俺も転属初日にこれ以上課を空けるわけにはいかない」

だから、と本郷は身をかがめた。

彼の前髪がさらりと頬に触れて、ぴくんと陽菜の体が震える。

「これは俺の連絡先。仕事用ではないプライベートのものだ。しっかりと登録しておくように」

本郷は小さなメモ用紙を、陽菜にしっかりと握らせた。

「あなた、あの時とぜんぜん違うわ。それに、年上……」

悔し紛れに言った陽菜に、彼は肩をすくめる。

「正真正銘、三十二歳。君より年上だ。俺は自分が年下なんて一言も言っていないよ。君が勘違いしていただけだ。第一、違うと言うなら陽菜も同じだと思うけど」

「どういう意味ですか？」

「『商品企画部のクールビューティー』、『どの男性社員よりも女性にもてる主任』。君は、社内で随分と有名人だね。美人なのは否定しないけど……クール、の部分には賛同しかねるな」

本郷は囁（ささや）くように続ける。

「――あの夜の君は、凄（すご）く可愛らしかったから」

「冗談がすぎます！」

陽菜は慌てて、なんとか本郷を引き離そうと体をよじる。しかし彼はびくともしない。それどころか、「逃がさないって言っただろう」と余裕たっぷりに告げた。

陽菜はますます焦る。

「勝手に年下だと勘違いしたのは謝ります。……でも、それを言うならお互い様じゃないですか……」

「どういうこと？」

「『あんな性格だと思わなかった』って、言ったじゃない……」

彼は「なるほど」と何か納得しているようだ。

「だから逃げたのか。……ようやく腑（ふ）に落ちたよ」

　本郷はふっと笑い、陽菜を見下ろす。

「あの夜の俺のほうが、君は好み？」

「そんなっ……！」

「違うよね？」

　本郷が陽菜の太ももの間を割って膝を入れる。

「だって君は、『男らしい人が好き』らしいから」

　左手で陽菜の後頭部を支えると、キスしそうなほどの近距離で薄（うっす）らと微笑んだ。

　今、陽菜の目の前にいるのは、「大人の男」だった。幼さなど微塵（みじん）も感じられない。

　彼は右手の親指で陽菜の唇をつうっとなぞる。まるでキスされているようなその感覚に、陽菜はぞわりとした。

「——好都合だよ」

「え……？」

「女性に優しくはモットーだけど、のんびり攻めるのは趣味じゃない。それに自慢じゃないけど、女性に逃げられるのは君が初めてなんだ」

「あっ……！」

　くいっと腰を引き寄せられる。胸同士が密着してほとんど抱きしめられた状態の中、顔だけが自然と本郷を見上げる形になった。

まるで陽菜からキスを乞うような体勢だ。

陽菜の視界に映った本郷の瞳には今、確かな熱が灯っていた。

「陽菜」

親指の動きが止まり、秀麗な顔がゆっくりと近づいてくる。

陽菜は反射的にぎゅっと目をつぶった。

けれど、陽菜にふわりと触れたのは唇ではない。

「これから全力で陽菜のことを口説(くど)くから、覚悟しておいて」

腰が砕けるほど色気のある低音ボイス。

今度こそ陽菜は、その場に立っているのがやっとになった。

「知りたいこと、聞きたいことは今度ゆっくりと教えるよ」

だからまずは、と本郷はくすりと笑う。

「赤くなった顔をなんとかしてから戻ってくるように。――朝来主任」

そう言って彼は一足先に資材庫を出ていく。残された陽菜はその場にへなへなと沈み込む。

「口説(くど)くって、何……？」

陽菜は彼に握らされたカードに視線を落とす。断ることなど許さないとばかりの態度に混乱していた。

（あれが、素の本郷さん……？）

あの夜のことをなかったことにするつもりなんて彼にはないようだ。

ならばあの電話の会話は何だったのか――

手の中に握ったカードだけが存在感を放っていた。

新課長が着任した翌日。さっそく社内の女性社員たちによって、本郷のプロフィールが広まった。

本郷奏介、三十二歳。

彼は元々、花霞の親会社であるタチバナグループの中核企業――株式会社立華（たちばな）に営業職として入社。着実に実績を重ね、歴代売上ナンバーワンを何度も更新した。更に社長賞を幾度となく受賞し、企画部門に異動。以来、いくつものヒット商品を生み出した。会社の売り上げトップテン商品の生みの親は、ほとんど本郷と言っても過言ではないという。この度、役員直々（じきじき）に引き抜き、子会社である花霞の商品企画部の課長に就任したエリート社員だ。

（ダメだわ、理解が追い付かない）

陽菜は小宮に教えてもらった本郷の情報を頭の中で整理し、ため息をつく。

スマホには、あの日渡された彼の連絡先がしっかりと登録されていた。しかし、連絡はできないでいる。

（大体、何を連絡しろっていうの）

本当は捨ててしまおうかと思った。仕事に必要な連絡先は部内で共有している。ならば、これは「朝来主任」にはいらないものだ。

（……でも、捨てられるわけないわ）

時計を見ると午後二時を少し回った頃。陽菜は近くの喫茶店に少し遅めのランチに向かった。

こんなふうに陽菜を悩ませ続ける張本人は、引継ぎや挨拶周りで社を出たり入ったりしている。おかげで話しかけられないのがありがたい。

目当ての喫茶店につくと、陽菜は窓際の席に通された。

――コンコン。

しばらくして、窓を叩く音がする。陽菜ははっと顔を上げた。

「……胡桃？」

そこには婚活パーティー以来避け続けてきた親友がいた。彼女は入店してくると無言で対面に腰かけて、さっさと店員に注文する。

「あ、すみません。アイスコーヒーを一つお願いします」

驚いた陽菜は、胡桃に質問する。

「どうしてここにいるの……？」

「取引先がこの近くにあるのよ。——それより、やっと捕まえたわ」

逃げていた自覚がある陽菜は、うっと声を詰まらせる。けれど親友は容赦なく追及してきた。

「あの夜、何があったの？『急用があるから先に帰ります』って、それこそ急すぎるでしょ。おまけに何度連絡してもはぐらかすし。さあ、さっさと全部吐きなさい。すぐに会社に戻らないといけないから、時間がないのよ」

「なら、別に今日じゃなくても……」

「ひーな？」

「うっ……わ、分かったわよ。でも、今から話すのは全部本当のことよ？」

「もったいぶらないで、さっさと言って」

よほど気になっていたのだろう。胡桃の全身から圧を感じる。陽菜はしぶしぶ話し始めた。

パーティーで憧れの人と再会し、バーで飲んだ後なんとなくいい雰囲気になったものの、彼も陽菜の見た目しか見ていないのだと知って逃げ出したこと。そしてそんな彼が新しい上司として職場に現れたことを打ち明ける。

一夜を共にしたことは恥ずかしくて、その部分だけごまかした。

話し終えると胡桃はぽかんと呆ける。いつもテキパキしている彼女にしては珍しい反応だ。

「……陽菜、大丈夫？」

「大丈夫って、何が？」

「あんた、忙しすぎて妄想と現実がごちゃまぜになってるみたいだから」

「……言いたいことは分かるけれど、全部本当のことなの」

陽菜は、だから言ったのに、と軽く胡桃をにらむ。

「ええ!? バス王子が会社の上司って、何、その少女漫画展開」

「それについては私も全く同感よ」

「ふうん。……まあいいわ。それで、あんた彼のことが好きなの？　なら悩む必要なんてないわ、同じ職場なんて好都合じゃない」

胡桃のお気楽な言葉に、陽菜はますます心を沈ませる。一体どこが好都合だというのか。陽菜は本郷にどう接すればいいか、全く分からない。

「……好きとかそういうんじゃないの。今は現実を受け止めるのに精いっぱいよ」

「なるほどね。まあ、私からのアドバイスは『考えすぎないこと』ね。たまには感情で動くのもありだと思うわよ？」

恋多き親友のアドバイスに、陽菜は曖昧（あいまい）に微笑んだ。

それから少しだけ雑談をして共に席を立つ。すると、ちょうど店を出たところで「朝来さん？」と声をかけられた。振り返った陽菜ははっと息を呑む。

「……田中さん」

そこにいたのは、ファミレスで陽菜に告白してきた田中だった。

「お久しぶりです。その……お元気そうで何よりです」

「い、いえ。田中さんもお変わりなく……」

振った相手との再会は中々気まずいものがある。仕事で近くに来たのだという彼は、陽菜と短い言葉を交わすと隣の胡桃にぺこりと頭を下げて足早に去っていった。

「今の誰？」

「……取引先の営業さんよ」

「ああ、陽菜が振っちゃったっていう。確かに優しそうな人だし見た目も悪くないけど……恋愛初心者の陽菜には、もっと強引すぎるくらいの人がいいのかもしれないわね」

じゃあね、と胡桃は颯爽（さっそう）と去っていく。高いヒールで堂々と歩く後ろ姿は自信に満ちていて、自分とはまるで正反対だ。

一方、会社に戻る陽菜の足取りはこれ以上ないくらい重い。

なぜなら、今の時間帯は本郷がフロアに戻っているはずだったからだ。

彼は陽菜を口説（くど）くと言った。けれどそれには、物珍しさとからかう以外の理由なんてないだろう。

そんな人を相手にいちいちリアクションをしていたら、身が持たない。

だから、これからも本郷とは極力距離を置こう。

そう思っていたのに、社のエレベーターの前にいたのは、本郷課長その人だ。

（……どうしてこのタイミングで）

彼の隣には、彼よりも頭一つ分背の低い女性――秘書課の三輪（みわ）がいる。

確か小宮の同期だが、彼女とはあまり仲が良くなかったはずだ。

三輪の恋愛遍歴は中々に華々しいらしい。タチバナグループ傘下である花霞は世間一般では大企業と呼ばれていて、その秘書課ともなれば、仕事相手の異性は総じてレベルが高い。その中から選（よ）りすぐりの男を吟味（ぎんみ）しているのだ――と、小宮が言っていた。

その三輪が本郷にすり寄る。

「本郷課長！　今夜、もしお時間があるなら、お食事でもどうですか？」

これが少女漫画なら「きゅるん」と効果音が出そうな上目遣いで尋ねていた。書類を両手で抱えて小首を傾（かし）げるのは、自分の可愛さを理解しているからこその仕草だろう。

けれど、積極的な彼女に対し本郷は消極的だ。

「お誘いは嬉しいけど今日は部署で歓迎会があるから、ごめんね」

「なら、その後はダメですか？」

たとえ数分とはいえ密室でこの二人と一緒にいるのは耐えられない。そう思った陽菜は次のエレベーターを待とうとする。けれど、本郷がこちらを振り返った。

「ああ、朝来主任」

（どうして、今呼ぶの⁉）

彼は、陽菜が避けようとしたことなど気付いていないと言わんばかりに、にこやかに笑む。

（……わざとだわ、この人）

彼の笑みは、資材庫で見たそれと似て、獰猛（どうもう）な光を湛（たた）えていた。

隣では三輪が先ほどまでの笑顔はどこへやら、無表情で陽菜をにらんでいる。「せっかくいいところだったのに邪魔をして」という無言の責めが聞こえてきた。

（こ、怖い……）

しかし一応、陽菜は先輩だ。なんでもないフリをして、共にエレベーターに乗り込む。

三輪が陽菜を無視して話を続けた。

「課長、さっきの返事をいただけませんか？　本郷課長とゆっくりお話しできるなら私、何時になっても大丈夫です！」

「うーん……朝来さんもいるからなあ」

突然本郷がとんでもないことを口にする。

「……朝来主任？　もしかしてお二人はお付き合いされてるんですか？」

まさかの変化球に陽菜が唖然とする一方で、三輪はあからさまに面白くなさそうな顔をする。

「そんなことな――」

「まだ商品企画部の人たちとも飲む機会がなかったから。まずは同じ部署の人との交流を深めたいと思ってるんだ。ごめんね、三輪さん」

否定しようとする陽菜に被せるように本郷が答えた。三輪は「そういうことなら」と言うものの、その顔には納得いかないと書いてある。

「……そうだ、朝来さん」

下の階でエレベーターを降りる三輪は、最後に大きな置き土産を残していった。

「さっき取引先の方と一緒にいるの、見ましたよ。確か、以前朝来さんに告白したという田中さんですよね？　お二人がお付き合いされているなんて私、知りませんでした」

「付き合っていないわ、私に恋人はいません」

慌てて否定するも、三輪はとりあってくれない。

「ふうん。でも、とても仲が良さそうでしたけど。お昼休みにデートなんて、さすがですね！」

「デートって、あれは――」

「あっもう着いちゃった。それでは失礼します。本郷課長、今度はぜひ私とも飲みに行って下さいね！」

語尾にハートマークをつけて三輪はエレベーターを降りていく。直後、エレベーター内の空気が一気に重くなった。

「……デート、ねえ」

ちらりと後ろを振り向くと、本郷は薄(うっす)らと微笑んでいる。その笑顔から圧を感じた。

陽菜は無意識に一歩後ずさるが、逃げ場はどこにもない。

「説明してくれるかな、朝来主任？」

三輪に向けていた態度とはまるで違う。相変わらず笑顔なのに、彼の後ろに黒い影が見えるようだ。

「デートなんてしていません。偶然取引先の方とお会いしただけです」

「告白っていうのは？」

「それは――」

「……黙ってしまうということは、本当、か」

田中のことを上手く説明できる気がしない陽菜は、視線を逸らした。幸い同時にエレベーターがフロアのある階に到着する。これで二人きりから解放される――そうほっとしかけた陽菜は、エレベーターを降りようとしたところで、腕を引っぱられた。

「陽菜」

「っ……」

本郷は陽菜の耳元で囁く。

「――今度じっくり聞かせてもらうよ。逃げようなんて思わないように」

そう言い残して、本郷は一人先に降りていく。その後すぐに部署に戻った陽菜は、心臓がドクドクと激しく鳴るのを止められない。

「おかえりなさい、朝来主任。……どうかしましたか、顔赤いですよ？」

不思議そうに首を傾げる小宮に、「大丈夫よ」と答えるのが精いっぱいだった。

その日の夕方。金曜日の今日、商品企画部の新課長と新人の歓迎会が開かれた。

「課長もせっかくですし飲みましょうよ！　今日は歓迎会ですよ？」

「酒は好きだけどあまり強くないんだ。でも、飲まなくても充分楽しんでるよ」

人畜無害そうな態度で酒を断る本郷を見て、陽菜は内心で愚痴る。

(嘘つき。カクテルを何杯飲んでも、顔色一つ変えなかったくせに)

「課長、可愛すぎます。三十二歳って本当ですか?」

「本当だよ。正真正銘、三十二歳。佐藤君と十歳も違う。小宮さんよりもずっと年上だね」

「それが信じられません。ちなみに課長、今彼女はいらっしゃいますか?」

「残念ながら、女性と二人でいると緊張してしまってね。おかげで全然モテないよ」

(嘘つき。初対面の人間をホテルに誘えるくらい、女性慣れしているくせに)

焼き鳥がメインの昔ながらの居酒屋は雰囲気たっぷりだ。その座敷で胡坐をかいて部下と談笑を楽しむ本郷の姿は、ホテルのバーの時とはかけ離れている。

「課長、すみません。本当はイタリアンにする予定でしたが、歓迎会シーズンでどこも予約がいっぱいで……」

恐縮する今日の幹事役に、彼は「構わないよ」と笑う。

「イタリアンもいいけど、こういう大衆的な店も好きなんだ。正直、高級な店よりもずっと落ち着く」

本郷の優しい返しにほっとしたのか、幹事役は「ありがとうございます!」とやけに大声で返事をし、手元の酒を一気に呷った。それに乗っかるように他の男性陣が続き、小宮を始めとした女性陣が黄色い声を上げて手を叩く。

そんな中、中心から少し離れた席で陽菜は一人淡々とビールを飲み続けていた。

飲まずにはやっていられない。

（嘘ばっかり）

――お酒に弱くて、女性の扱いに慣れておらず、高級なお店は苦手。

（じゃあ、あの日のあなたは何？）

高級ホテルにあるバーのマスターと顔見知りで、スイートルームに宿泊し、陽菜を翻弄（ほんろう）したのは一体誰だったのか。

ホテルでの本郷が隠れ肉食系なら、今の彼はまさに草食系男子。部署の女性陣はその柔らかな雰囲気がたまらないようで、さながらハーレム状態だった。

彼の影響力が商品企画部に留まらないのは、三輪の一件で証明済みだ。

大人しく穏やかな彼と、獰猛（どうもう）に迫ってくる彼――どちらが本郷の本質なのか陽菜は困惑した。

けれど、あからさまに気持ちを態度に出したりしない。

話を振られれば微笑を湛（たた）えて返事をする。しかし本郷を囲む輪の中に入ることはしなかった。

代わりに酒を飲み続けている。

そんな陽菜の様子を隣で見ていたのは、新人の佐藤だ。

「朝来主任、その……飲みすぎでは？」

彼は見た目どおり純朴な青年だった。

本郷と違って本当にアルコールに弱いらしく、乾杯用の一杯飲んだだけ。今日のもう一人の主役でありながら、黄色い歓声の中に加わることなく控えめに上司にお酌をしたり、料理を取り分けたり、と慎ましい。

陽菜にも気を使ってくれる。

「お水、持ってきましょうか？」

「大丈夫よ、ありがとう」

「でも、その……顔が赤いですよ？」

ウーロン茶と水とどちらがいいかと迷っている姿が、可愛らしい。

「……佐藤君は優しいわね」

自分も新人の時は飲みの席であたふたしたことを思い出す。懐かしさからふふっと笑みを零すと、なぜか佐藤は固まり、顔を赤くして俯いてしまった。

「佐藤君こそ、酔っちゃった？」

「いえ！　あのそうじゃなくて、ええっと……！」

「ウーロン茶じゃなくてウーロンハイだったのかしら？　顔、真っ赤よ」

初々しい新人を微笑ましく見ていた陽菜は、ふと視線を感じて顔を上げる。

——本郷が陽菜と佐藤をじっと見ていた。

小宮たちに向けるのとは違う、鋭さを孕んだ視線に、陽菜はさっと顔を背ける。

「……ちょっと席を外すわね。すぐに戻るわ」

陽菜はそう佐藤に言付けると、さり気なく座敷を抜け出した。

化粧室に入り、洗面台の前でふうと大きなため息を一つつく。

本郷の目を見た瞬間、ドクン、と激しく心臓が鼓動した。一度は体を重ねかけた相手だ。恥ずかしさともどかしさで、あの場にいるのが気まずくなった。

鏡に映る自分の顔が赤く染まっている。

（……飲みすぎたかも）

体内のアルコールが一気に巡った。

なぜかは分からないが、ちやほやされる本郷を見て、次から次へと飲みまくってしまったのだ。本郷の全てに違和感を持ち、面白くない。

あまりよくない飲み方をしてしまった。ふわふわと足元が軽くなるような感覚とは違う。

酔っている、と自覚すると段々と頭痛がしてきた。吐き気はないけれど胸がムカムカする。

この酔い方は、まずい。

陽菜は化粧室のドアに背中をあずけて目を閉じる。

時間が経てば治まるだろうと思われた頭痛はしかし、どんどん酷くなっていった。

ドアが外から三度叩かれる。

いけない。いつまでも一人で占領しているわけにはいかない。

「すいません、どうぞ――」

陽菜はなんとか平静を装ってドアを開ける。

「――やっぱり、ね」

呆れたようにため息をつく本郷が、そこにいた。

「……どうして、ここに」

彼は皆と楽しく飲んでいたはずだ。飲み会が始まってから目が合っただけで、一度も言葉を交わしていない。

陽菜に関心がなさそうな態度だったのに、なぜ。

「こんなことだろうと思ったよ。はい、これで首筋を冷やして」

陽菜を見下ろす本郷は、先ほどまで見せていた朗らかな笑顔ではない。彼は小さくため息をつき、手にしていたおしぼりを陽菜に差し出す。

「……結構です」

陽菜はぷいっと顔を逸らした。いつもであれば愛想よく返すところだが、今は無理だ。

呆れたように自分を見下ろしている視線が、胸に痛い。

「少し休んだら戻りますので、お構いなく」

「変なところで強情だね、君は。意地を張らないで使いなさい」

本郷は有無を言わさず命じると、半ば無理やり陽菜の首筋におしぼりを当てた。

「あ……」

「すぐに戻るから、ここにいて」

そして自らは一旦座敷へ戻り、自分と陽菜の荷物を持ってくる。水の入ったペットボトルを手渡すと、そのまま陽菜の手を引いて店の出口へ歩き始めた。

「課長……？」

「今タクシーを呼んだ。すぐに来てくれるそうだから、俺も一緒に帰るよ。皆には話してある」

「帰るって、歓迎会は――」

「少し黙って。今の自分の状況をよく考えるんだ」

本郷はぴしゃりと言い放つ。初めて聞かされた厳しい言葉は、陽菜の胸に真っ直ぐ突き刺さった。

いや、本郷には迷惑をかけていないはずだし、少し落ち着けば一人でも帰れた……はずだ。

しかし陽菜の手を引く本郷の背中は、そんな言い訳を許してくれなさそうだった。

——沈黙が、怖い。

本郷と共にタクシーに乗り込んだ陽菜は、後部座席でぎゅっと拳を握った。

相変わらず頭痛が酷い。今や、これが酔いのためだけではないことに気付きかけている。

本郷は陽菜から住所を聞き出し、運転手に告げたのを最後に無言のままだ。窓の外を眺める秀麗な横顔を、じっと見つめることしか陽菜にはできない。

「……はあ」

しばらくして沈黙を破ったのは、本郷の深いため息だった。

ピクン、と陽菜は肩を大きく震わせてしまう。

「君は二十八歳で酒の飲み方も知らないの？　ホテルで飲んだ時とはまるで別人だ」

「……それは、あなたでしょう？」

本郷だけには言われたくなかったため、つい言い返してしまう。途端に自分の声が頭に響いた。

顔をしかめる陽菜に本郷は呆れたように、しかし先ほどよりは幾分柔らかく苦笑する。

「俺が、何？」

「あなたこそ別人だわ。……あの夜の時と、全然違う」

彼は上司で、敬語を使わなければいけない相手。分かってはいるけれど、酔いと頭痛で陽菜の口調は砕けたものになっている。

「プライベートと仕事を分けているだけだよ。どちらも俺だ。それに、君ほどギャップはないと思うけど」

「……ギャップ？」

「ここ数日見ていて分かった。仕事中の『朝来主任』は確かにクールビューティー、後輩たちにとって頼れる先輩らしい。――ベッドで可愛らしく震えていた時とは大違いだ」

「なっ⁉」

咄嗟（とっさ）に声を上げた陽菜を無視して、本郷が「でも」と続ける。

「俺にはどちらも魅力的だけどね」

――不意打ちは、困る。

突然、こんなふうに甘い言葉を囁（ささや）くなんて。

陽菜はもはや、胸のドキドキが何に対してのものなのか分からなくなっていた。

「この際だから聞いてもらうけど、『想像と違った』『あんな性格だと思わなかった』って言ったのは、悪い意味じゃない。意外だった、ってだけで他意はないんだ。電話の相手は俺をパーティーに誘った人間で、どうしたのかって明け方連絡があって、浮かれていた俺は君とのことを少しだけ話してしまった。それについては軽率だったと思う。嫌な気分にさせたのなら謝るよ」

ごめん、と本郷は素直に口にする。

「……嘘だわ」

しかし陽菜の口からポロリと零れたのは、それだった。本郷は優しく「どうして？」と問い返す。

「だって、同じことを言われたことがあるもの」

最初で最後の恋人には、そう言って振られてしまったのだ。想像と違った、と。

陽菜にとってそれは、もはやトラウマに近い。

元カレは、陽菜が女の子らしいことをするのを特に嫌う人だった。

付き合った期間はたったの三か月。

同じ大学でバスケットボール部に所属していた彼はかなりの長身で、百七十センチの陽菜と並んでも見劣りしない。顔も中々整っていて、その上スポーツマンと友人からの評判も上々だった。

けれど彼もやはり、陽菜の強そうな見た目に惹かれた一人だったのだ。

調教されたい系男子と違うのは、『女らしい女が好きじゃない』『陽菜はさっぱりしていて、ベタベタしてこなさそうだから告白した』という点である。

若干の違和感を持っていたものの、初めはそれでいいと陽菜は思った。しかし彼氏に甘えたい気持ちは当然あった。

それはもちろん何かを買ってほしいとか、奢(おご)ってほしいとかそういうことではない。手を繋いだり、腕を組んだり、カフェでデートをしたり。凹(へこ)んだ時に頭を撫(な)でてほしい、褒(ほ)めてほしい。……そういう、何気ない触れ合いが欲しかったのだ。

でも彼は、陽菜がそんなふうに甘えるのを極端に嫌がった。

『俺、ベタベタされるの好きじゃないんだよ。だから朝来と付き合ったんだし、俺に対してはさっぱり……てか、きついくらいでいいから。そのほうが気を使わなくてすむ』

それだけではない。お菓子作りが好きな陽菜が、バレンタインに手作りチョコレートを渡した時は、はっきりと拒絶された。

『……手作りとか、本当にやめてほしいんだけど。買ったほうがうまいし、お前、そういうキャラじゃないだろ？』

そう言われ、ほどなくして陽菜は振られたのだ。

理由は簡単。

『そんな性格だと思わなかった』

勝手なことばかり言わないで、と思ったものの、陽菜は黙ってその言葉を受け入れた。

初めてのキスも、セックスも、ただの「経験」で終わってしまった。

だから、本郷とのキスも、その先も、陽菜にとっては全てが衝撃だったのだ。

陽菜はぽつりぽつりと、過去の恋愛について語っていた。

酔いが冷めたら余計なことを言ってしまった、と凹むだろうか。それとも話したことを忘れてしまうだろうか。

「陽菜」

本郷が僅かな隙間を詰めて陽菜の肩にそっと手を回し、優しく引き寄せた。彼の肩に首を乗せると、抱き寄せた手で髪を撫でてくれる。その優しい手つきに、陽菜の体から少しずつ力が抜けていく。

次に目覚めた時、タクシーは陽菜のマンションの前に止まっていた。

「着いたよ、起きて」

陽菜は呼びかけにはっと起きる。

酔いはまだ残っていたけれど、少し眠ったからか、頭痛は大分和らいでいた。

（降りないと……）

車から出ようとして、足元がふらつく。

本郷がそれを危なげなく抱きとめ、陽菜を軽々と持ち上げた。

突然の浮遊感に陽菜は慌てて本郷の背中に両手を回す。

「あの、本郷さ――」

「『歩けます』という言葉なら聞かないよ。部屋まで送るからじっとして」

怖かったらしっかり掴まっていて、と彼が囁く。耳元で聞こえた声は掠れていて、酔いで火照った頰の熱をいっそう上げた。

歩く度に彼からふわりと爽やかな香りがする。シャンプーと汗が混ざったような、男を感じさせる匂いだ。

（……心臓、痛い）

こんなふうに歩行がままならないほど酔っぱらうのはもちろん、異性に横抱きにされるのも初めてだ。

「入るよ」

「……はい」

陽菜から鍵を受け取り、本郷が部屋に入る。寝室のベッドにそっと下ろされるまで、陽菜はまともに彼の顔を見られなかった。

「……ご迷惑をおかけして申し訳ありません」

居酒屋でのやりとりが嘘のように素直な言葉がぽろりと零れる。すると、ペットボトルの蓋を開けていた本郷が一瞬動きを止めた後、ぷっと噴き出した。

「さっきはあんなにツンツンしてたのに、素直になるタイミングが今なんだ。――水は枕元に置いておくよ。鍵は外から締めてポストに入れるからね。明日は二日酔いかもしれないけど、まあ自業自得だ」

優しいかと思えば、そんなふうに突き放したことを言う。

「じゃあ、俺は行くよ」

そのまま立ち上がろうとする本郷の服の裾を、陽菜は無意識に引いていた。

（え？　どうして？）

――寂しかった？

――酔っているから？

理由は分からないが、帰ろうとする本郷の背中が視界に入った瞬間、手が動いていたのだ。振り返った本郷は、驚いたように目を見開いている。その反応に陽菜はぱっと手を離した。

「あ……これ、は」

けれど本郷はすぐに陽菜の手を掴み、ベッドの上に片脚を乗せた。

「本郷さん……？」

「せっかく見逃してあげようと思ったのに。――酔っ払いには、お仕置きが必要だね」

「お仕置きって……んっ！」

突然本郷が陽菜の首筋に顔をうずめ、唇を寄せた。途端にぞわりと陽菜の背筋を何かが駆け抜ける。体から力が抜け、身をよじることしかできない。

「待って、ぁ……」

ちくん、と首筋に鈍い痛みが走った。見上げると、ゆっくりと体を起こした本郷が自分を見つめている。

「陽菜はしっかりしてそうに見えるのに、隙だらけだ。もう少し男に警戒心を持ったほうがいい。そうしないと、すぐに悪い男に引っかかってしまうよ」

「……悪い男？」

「俺みたいにね」

本郷は唇の端を上げる。その仕草がやけに色っぽくて、陽菜は視線を逸らした。その状態で精いっぱいの反抗を試みる。

「……分からないんだもの」

「分からない？」

「仕事以外でどんなふうに男の人に接したらいいのか……」

陽菜の恋愛は、もう何年も前を最後に止まっている。

すると、本郷が陽菜の隣にそっと横になった。そして自らの左腕に陽菜の頭を乗せて優しく抱き寄せる。

その温かさに陽菜はゆっくりと瞼を閉じ、ただじっとそのぬくもりに身を任せた。

「陽菜は、本当はどんな付き合いがしたいの？」

不意に本郷が問う。彼は空いた手で陽菜の頭を何度も撫でてくれた。

「……普通でいいんです。手を繋いで買い物をしたり、お茶をしたり。他愛のないことを話して、笑って……」

心が落ち着いてきたせいか、急激に睡魔が強くなる。

瞼(まぶた)が重い。温かな手のひらが気持ちいい。

「……俺は、陽菜が思っているような男とは違うよ」

薄れゆく意識の中、そんな声を聞いたような気がした。

翌週、社内は朝から騒然となっていた。

「本郷課長と朝来主任が二人で帰ったというのは本当？」

「あの後、飲み直したんじゃないの？」

女性たちの質問攻めに陽菜はごく簡単に対処する。聞かれる度に、同じ説明を繰り返す。

「同じタクシーには乗ったけれど、私は先に降ろしてもらったからその後は知らないわ。飲み直したりももちろんしてない。私は酔っていて、あれ以上お酒は飲めなかったもの」

そう何度でも答えた。

微塵(みじん)も照れを見せない陽菜に、女性陣がそれ以上興味を持つことはなさそうだ。しかしなんでもないフリをしている陽菜は、内心冷や汗をかいていた。

（三輪さんにはにらまれるし、あちこちから視線を感じるし、やっちゃったわ……）

始業前のロッカールームで一人になり、たまらずため息をつく。

――歓迎会の夜のことは覚えている。

はっきり記憶に残っているのはタクシーに乗るまでだが、それ以降のやりとりも断片的に頭にあった。

散々酔っぱらって上司に自宅まで送らせてしまったなんて、穴があったら入りたいくらいに恥ずかしい。

その上本郷は、陽菜が眠りにつくまで側にいてくれたらしく、朝起きると、『酔いが冷めたら食べるように』とのメモが置かれ、冷蔵庫の残り物で雑炊が作ってあったのだ。

おかげで初めての本郷への電話は、謝罪だった。

ひたすら謝る陽菜に対して本郷は電話の向こうで笑っていたけれど、もはや彼の笑顔をそのまま受け取れない。今日は恐怖でしかなかったのだ。

覚悟を決めてロッカールームを出ると、すぐに小宮に捕まる。

「おはようございます。あ、陽菜さん！　金曜日――」

「本郷課長には送っていただいたけれど、それだけよ。――朝から何度聞かれたか分からないの。お願い、あなただけはそっとしておいて……」

陽菜の憔悴した様子が伝わったのだろう、小宮は「了解です」と苦笑した。

「……それにしても、凄い人気なのね、本郷課長」

感心半分、呆れ半分で零すと、彼女は「そりゃそうですよ！」と大きく頷く。

「三十二歳の超イケメンエリート！　しかもあの優しい雰囲気。非の打ちどころがない人って本当にいるんですねー。本郷課長、彼女いないって本当かなあ」

「……どうかしら」

「陽菜さん、いくら自分の好みじゃないからって、興味がなさすぎません？」

「『好みじゃない』ように見えるの？」

「陽菜さんの課長に対する態度で分かります。課長、見るからに草食系ですもんね。多分、今この会社で課長に対して一切浮かれていないの、陽菜さんくらいですよ」

陽菜は曖昧に微笑んだ。浮かれる余裕もないのだ、とは言えない。

「そう？　小宮さんだって歓迎会の時はともかく、それ以外は普段どおりに見えるけど？」

「分をわきまえているだけです。カッコいいし素敵だなとは思うけど、あそこまで完璧な人が恋人だったら毎日不安ですもん。見ているだけで充分。本郷課長は観賞用です」

上司を観賞用と言い切る後輩に陽菜は感心する。

それにしても「好みじゃないのだろう」と断言されるあたり、彼に対する自分の態度は冷たいのかもしれない。

「でも実際、本郷課長の人気は凄いですよ。陽菜さん、秘書課の三輪って知ってますよね？　あの子、この間『満員電車で辛そうにしてたら本郷さんに助けてもらっちゃった！』って食堂で自慢してましたもん」

「え……!?」

「たまたま同じ電車に乗り合わせただけなのに、おおげさですよね！」

同期なだけあって小宮は三輪に対して容赦ない。しかし陽菜が驚いたのは、そこではなかった。

「本郷課長って、電車で通勤されているの？」

「そうみたいですよ。私も何回か一緒になったことあります」

（電車通勤？）

そんなバカな。陽菜はもう何度もバスで見かけているのに。

思わず首を傾げた陽菜に、小宮が驚いたような声を上げる。

「――あれ、陽菜さん。首が赤いですよ」

陽菜ははっとして、急ぎ手鏡で確認する。

確かに首筋に薄らと赤い痣のようなものができている。けれど、ぶつけた覚えはないし、痒くもない。

不意に頭の中で本郷のセリフがリフレインした。

『酔っ払いには、お仕置きが必要だね』

(これって……)

「もしかして、キスマーク⁉」

陽菜の心を読んだように小宮が叫ぶ。その言葉に陽菜は一瞬固まった。

「こ、小宮さん、その、これは……!」

「なんて、ごめんなさい、ふざけすぎちゃいました。虫刺されですか? 痒くないなら場所が場所ですし隠したほうがいいかも。コンシーラー、持ってます?」

「……持ってるから大丈夫よ。ありがとう」

「いいえー。それじゃ私先に行きますね。今週もよろしくお願いします!」

ペコ、と頭を下げた小宮は一足先に自分のデスクに向かう。残された陽菜は、動揺を抑えるのがやっとだ。

そして今一度小宮の言葉を思い出す。

(本郷さんが草食系?)

陽菜は自分の首筋に手をやる。

確かに本郷の見た目は癒し系の羊かもしれないが、中身は狼そのものだ。

きっと顔を引きしめると、陽菜も急いで仕事についたのだった。

商品企画部では週に一度、月曜日の朝に部署のメンバーでミーティングを行う。そのミーティングが終わり、陽菜以外のメンバーが会議室を出た直後、本郷に呼びとめられた。

「朝来さん、ちょっといいかな」

「……なんでしょうか？」

自然と身構える陽菜に彼は苦笑しながら言う。

「急ぎの案件がないのなら少し残ってほしい。朝来さんの企画について話があるんだ」

企画――その言葉に陽菜はすぐ「承知しました」と返事をした。

「さあ、座って」

「失礼します」

二人は机を挟んで対面に座る。バーで並んだ時とは違い、手の触れ合わない距離だ。しかし二人きりには違いないので、陽菜は緊張していた。それを表情に出さないよう気を付け、姿勢を正した。

「そんなに警戒しなくても、ここでは何もしないよ」

「ここでも何もしないで下さい」

念を押すと本郷は肩をすくめる。そして、手元のファイルから紙の束を取り出し、机の上に置いた。それは、陽菜がずっと力を注いできたブランド立ち上げの企画書だ。

「君の企画書を読ませてもらったよ」

対面に座る本郷は今、ホテルの時とも資材庫で陽菜に迫った時とも違う、働く男の顔をしている。

陽菜の背筋は更に伸びた。

「初めに俺の考えをいくつか述べさせてもらうけど、いいかな」

「ぜひ聞かせて下さい」

ごくりと唾を呑み込みながら頷く。

「今の花霞の顧客は三十代以上の女性が多い。その裾野を広げるために、新しいブランドは十代から二十代の女性をターゲットにする——正直言って、この方向性はさほど目新しいものではない。実際、他にも似たような企画が上がってきている」

「……はい」

「中でも新規ブランドの広告塔として、誰もが知っている芸能人の起用を掲げているものが多い。花霞の威信がかかっている重要なプロジェクトだ。当然、それがセオリーだろう。ジュエリーデザイナーにしても同じことだ。でも——」

本郷はそこで言葉を切る。

「朝来さんの企画書は違うね」

陽菜は黙って一つ頷いた。

──広告塔にモデルの美波を起用すると共に、リリースするジュエリーのデザインを彼女自身に任せる。

それが陽菜の企画だ。

いくつも考えた中でようやく「これだ！」と思えたもので、自信があった。

目の前の人物は、業界では知らない人のいない営業マンだったという。その後、企画畑に異動してからも次々と人気商品を作り出したヒットメーカーだ。

そんな人物の目に、この企画はどう映っているのか。まるで試されているようだ。

「確かに、美波は今の十代の女性に人気がある。でも俺の知る限り、彼女はデザインに関して素人だ。君が新規ブランドのデザイナーとして彼女の名前を上げた理由を聞かせてほしい」

「それは──」

──あなたがきっかけです。

そう言いかけた言葉をぐっと呑み込み、陽菜は本郷を真っ直ぐ見つめる。

初めは陽菜も実績のある有名デザイナーの名を上げようと考えた。しかしそれではやはり、新鮮味がない。かといって奇をてらうだけではダメだ。

そんな時に頭に浮かんだのが、美波だった。

ホテルから逃げ出した陽菜は、本郷のことを振り払うようにこの企画に没頭した。しかし働けば働くほど頭に浮かぶのは、彼のことばかり。

何度も美波の広告を見つめる本郷の横顔を思い出した。

キツイ陽菜とは正反対の、女の子をぎゅっと詰め込んだような可愛らしい女性。

それから陽菜は、彼女について少しずつ調べ始めた。

「モデルとして美波さんを起用しようと調べるうちに、デザインもお願いしたいと考えたからです」

本郷がきっかけだとは気付かれないよう、言葉を選びながら質問に答える。

美波について調べるうち、陽菜はあることに気づいた。

雑誌やＴＶで彼女が身につけているアクセサリーの多くが、花霞のものだったのだ。

更に驚いたのは、実は彼女はジュエリーデザイナーを目指しており、そのきっかけとしてモデルになったということ。

これをきっかけに、「美波を起用したい」とアイデアが浮かんだ。

「若い女性に影響力のある彼女を広告塔にすれば、認知度が広がるという狙いはもちろんあります。けれどそれ以上に、美波さんとなら良い仕事ができると思うんです」

もちろん、美波に全てを任せるわけにはいかないため、別に実力のあるジュエリーデザイナーも用意する。あくまでコラボレーションという形だが、美波がデザインしたことを前面に出したい。

話しているうちに陽菜の心に熱がこもってくる。

本郷への失望がきっかけとは皮肉だが、このチャンスを逃したくなかった。

「少々お待ちいただけますか？」

陽菜は自分のデスクに戻り、用意していた書類を持ってくると本郷に差し出す。

「これは？」

「そちらにあるとおり、過去に美波さんが身につけた商品は、確実に売り上げを伸ばしています。美波さん自ら花霞の名前を出したわけでもないにもかかわらず。つまりそれだけ彼女に影響力があるということではないでしょうか」

陽菜の目の前で、本郷が真剣な顔つきで書類に目を通していく。思えばこんなふうに仕事中の本郷を間近で見るのは初めてだ。不覚にも、陽菜は彼に見惚れた。

「――いいね。面白い」

やがて本郷が言い、陽菜ははっと顔を上げる。本郷がふわりと微笑んだ。

「これがただ『若者に人気がある』という理由だけなら見送るところだったけれど、きちんとデータの裏付けがある。何よりただ芸能人をイメージキャラクターにするのではなく、実際にデザインさせるというのが面白いね。先方がジュエリーデザイナーを目指しているのが本当なら、決して悪い話ではないはずだ」

陽菜の口元が緩み始めた。

「俺は、これは挑戦し甲斐のある企画だと思うよ」

「本当ですか⁉」

「ああ。もちろん、この企画以外にも候補はあるし、必ずしもこれが通るとは限らない。でも次の会議でプレゼンしてみる価値はある」

（嬉しいっ……！）

陽菜は上司の前だということを忘れて喜んだ。緊張で強張っていた表情が綻ぶ。

そんな陽菜を前に、本郷がくすくすと笑った。

「――やっと笑顔になってくれた」

「え……？」

「自覚ない？　ずっと俺のことを警戒して顔を引きつらせていたよね。おかげで『朝来主任に一体何をしたんですか？』って何人に言われたことか。さすがに嫌われたかと思って、少し凹んだ」

本郷は「はあ」と大袈裟にため息を一つつく。苦笑しつつも眉を下げる姿はやはり年上には見えなくて、陽菜はちょっとかわいそうになってしまった。

彼の中身が見た目と違うことなんて、充分すぎるほど知っていたのに。

「い、いえ……そんなっ……嫌いとか、そういうことではなくて……」

慌てて言葉を探す。

「――なんてね」

「へ……？」

一転して、本郷はにっこり笑っていた。

「安全な男と思われるくらいなら、警戒されているほうがずっといい。言っただろう？　君のことを全力で口説くって」

更に悪戯っぽく唇の端を上げる。

「もちろん、仕事は仕事としてやり切るつもりだ。この企画を本気で通すつもりなら、今まで以上に忙しくなる。それでも挑戦する？」

「やります！」

陽菜はからかわれたのだと分かり、頬を火照らせながらも即答する。

それ以外の選択肢なんてありえない。

「いいね。やる気のある女性は好きだよ」

――好き。

他意はないと知りつつ、どきっとした。なんとか返事をする。

「……ありがとうございます」

「デザイナーについては俺に心当たりがある。朝来さんにはまず、戦略会議用に企画書を新たに作り直してほしい。もちろん他の業務もおろそかにしないこと。いいね？」

「承知しました。すぐに取り掛かります」

陽菜ははっきりと頷いた。

悔しいけれど、大人として、女としての陽菜は本郷にとても敵いそうにない。恋愛の経験値が違いすぎる。でも仕事では違うということを見せつけたいのだ。

再会してからずっと、彼には翻弄（ほんろう）されてばかりだった。

（でも、いつまでもそうはいかないわ）

このまま彼のペースに呑まれたままでは悔しい。この企画を成功させて彼を驚かせたい。そう強く願う。

「何かあれば相談するように。それじゃあそろそろ戻ろうか」

本郷が席を立つ。陽菜はふと、朝、気になっていたことを思い出した。

「……本郷課長」

部屋を出ていきかけていた本郷を引きとめる。

「あの、電車で通勤されているというのは、本当ですか？」

不意の質問に本郷は虚を衝（つ）かれたような顔をした。しかし、すぐに笑顔で答える。

「基本的には、そうだね」

「以前の会社でも？」

「取引先から直帰する時はバスで帰ることもあったけど、ほとんどは電車だよ。どうして？」

「……いいえ、なんでもありません。突然失礼しました」

陽菜はなんとか笑顔を作ると、「先に戻りますね」と一礼して会議室を後にする。

（……『どうして？』、か）

本郷にとってバス通勤はその程度のものなのだ。水曜日のあの時間を特別に思っていたのは自分だけだということは分かっている。

けれど、陽菜は胸が痛むのを抑えられなかった。

◇

それからは陽菜にとってまさに怒涛（どとう）の日々だった。

姉妹ブランドの立ち上げ企画は、最終的に会社役員の戦略会議で決定する。社内コンペで選ばれた数案のみが、会議でのプレゼンテーションを許されるのだ。

その会議まで僅（わず）か一か月。忙しくなると本郷に言われて覚悟はしていたものの、予想以上だ。

「小宮さん、このファイルをデータにまとめてもらえるかしら？　フォーマットは作ってあるから数字を入力するだけで大丈夫よ」

小宮は手渡された分厚いファイルを笑顔で受け取った。こうして陽菜がプレゼンテーション用の資料作りに没頭できるのは、小宮らのサポートがあってのことだ。

「分からないことがあれば声をかけてね。資料が必要なら、そのキャビネットの一番上に並んでいるのが参考になると思うわ」

「了解です！」

小宮がキャビネットに向かうのを見て陽菜ははっとした。つい自分を基準に話してしまったけれど、陽菜と小宮の身長差は二十センチある。あの高さにあるものを取るのは、小柄な彼女には少々厳しい。

代わりに資料を取ろうと陽菜は、椅子から腰を浮かせた。

「必要なのは、これ？」

けれど、陽菜よりも早く動いたのは、本郷だ。彼は小宮の頭上にさっと手を伸ばすと、目当ての資料を取って彼女に手渡す。

「あ、ありがとうございます！」

「どういたしまして」

その間、僅(わず)かに十数秒。

午後から出張の本郷は、そのまま笑顔でフロアから出ていった。

資料を抱えてデスクへ戻ってきた小宮が、椅子に座るなり体ごと陽菜のほうを向く。

「……陽菜さん、あれはヤバいです」

仕事中の名前呼びは禁止という、いつもの注意を陽菜はできなかった。傍目にも全く同感だったからだ。

「そういえば課長、この間も重い荷物を持ってくれました。しかもさり気なく！　押しつけがましさのない優しさって、破壊力が凄いですよね」

すると、小宮と本郷のやり取りを見ていた新人の佐藤が、「自分も」と話題に乗ってくる。

「この間ミスして凹んでいたら、『息抜きだ』って昼飯をおごってくれました」

「男女問わず優しいって、そりゃあモテますよね」

小宮がしみじみと言う。

その言葉どおり、本郷は優しい。本郷はモテにモテている。

会社での本郷は優しい。そして恐ろしく仕事のできる男だった。

例えば部下が仕事に行き詰まっている時、彼は急かすのではなく、どこが分からないのかを問いかけ解決に導こうとする。それは男性女性どちらに対しても同じだ。

商品企画部はおろか社内の社員のほとんどが、彼に参っているように見える。

「あれで女性慣れしていないって、分からないものですね。でも本郷課長が草食系で良かったのかも。もしも肉食系だったら今頃女性社員の血の海ができてましたよ、きっと」

小宮の言葉に陽菜のこめかみがひくつく。

――みんな、騙されているのよ！

そう言いたい気持ちをぐっと堪(こら)えて、「雑談はそこまでよ」と二人を仕事に促(うなが)した。

そして、その日の午後八時。

「朝来主任、お先に失礼します」

「お疲れ様、気を付けて帰ってね」

部長は既に帰宅し、出張に出ていた本郷も直帰予定なので戻ってこない。フロアに残った陽菜は一人、デスクで大きな伸びをした。

「んーっ……さすがに疲れたわ」

日中業務終了後、ほとんど休憩を取らずに例のプレゼン資料作りに没頭していたからだろうか、思った以上に疲弊(ひへい)している。残業は慣れているのに、しんと静まり返ったフロアが今日はやけに広く感じた。

陽菜はふと、課長の席へ視線を向ける。

（……やっぱり、不思議な感じ）

今は誰もいないそこには普段、本郷が座っている。

彼が陽菜の上司として商品企画課に配属されて、早一か月。予期せぬ再会に初めは仕事にならないと危惧(きぐ)した陽菜だったけれど、それは杞憂(きゆう)だった。

この一か月間、陽菜はひたすら仕事漬けになっている。そんな彼女に本郷は協力的だ。彼を意識して仕事が手につかないなんて、感じる隙もない。

あの飲み会以来、彼が陽菜に何かアクションを起こすことはなかった。

二人の関係は上司と部下だ。

それが当たり前で、そうなることを望んだのは陽菜自身なのに、なぜか寂しい。

「口説(くど)くって、言ったくせに……」

（あれは嘘だったの？）

そんなふうに、思ってしまう自分がいる。

「少し、休憩しよう」

集中力を戻すために休もうと陽菜が立ち上がった、その時だった。

「朝来さん」

背後からかけられた声に、はっと振り返る。

「——課長、どうして」

本郷が笑顔で立っていた。

「直帰だと伺っていましたが」

「そのつもりだったけど、明日が例の戦略会議だって思い出したんだ。君のことだからまだいるかと思ってね。様子を見に寄ったら、案の定明かりがついていた。気持ちは分かるけど、根を詰めすぎるのは良くないよ」

彼は苦笑しつつ陽菜のほうへ向かってくる。

自分を気にして顔を出してくれた気持ちは純粋に嬉しいものの、それより気になることがある。

（さっきの、聞かれてた……？）

まるで、口説（くど）いてくれないことを拗（す）ねているような独り言を。

ドキドキする陽菜の横を本郷はするりと通り抜ける。そして開いたままのパソコンに視線を向けた。

「これは？」

「あ……明日のプレゼンテーションで皆様にお配りする資料です。明日、朝一番で課長にチェックしていただこうと思って」

「今見るよ。座っても？」

どうぞ、と陽菜が頷くと彼は彼女の椅子に腰かけた。

「失礼します。資料、プリントアウトしますね」

陽菜は本郷の隣に立って、マウスに手を伸ばす。

「ひゃっ……！」

突然、本郷がマウスを握ろうとした陽菜の手を自分のほうへ引き寄せた。驚いてバランスを崩した彼女を受け止める。

「君はこっち」

「課長!?」

気付けば陽菜は、本郷の膝に乗せられていた。慌てて振り返ると、目と鼻の先に彼の顔があって一瞬呼吸が止まる。一方の本郷は、左手で陽菜の腰をしっかり支えたままにこりと笑った。

「ほら、俺じゃなくて画面を見て。資料の最終確認をするんだろう?」

「しますけど、この姿勢じゃなくても確認はできます！　こんなところ誰かに見られたらっ……！」

「大丈夫。もう皆帰ったし、ここにいるのは俺と君の二人だけだ」

「私が言っているのは、そういうことではありません！」

「いいから。これ以上こっちを見てるならキスするけど、いい?」

陽菜は慌てて前を向く。後ろから抱きすくめられ、背中全体に本郷の熱を感じた。

どうしてこんな状況になっているのか理解できない。

陽菜は落ち着くようにと、なんとか自分に言い聞かせる。

そんな陽菜の内心など知らない本郷は、空いた右手でマウスを握り、画面をスクロールし始めた。

「前のものより大分、見やすくなったね」

声が首筋にかかってぞくりとするのを、陽菜は唇をきゅっと噛んで堪える。

「……以前、課長にもう少し図を大きくしたほうが良いとアドバイスをいただいたので、そのとおりにしてみたんです」

「うん、図や表についてはいいと思う。ただ、ここの文章。内容はいいけれど少し削ったほうが分かりやすい。センテンスが長いと、それだけで読んでもらいにくくなるからね。見やすくて、一目で理解しやすい。それを心掛けて」

それらのアドバイスをきちんと聞いていたいけれど、いかんせん耳元に吐息がかかって、「はい」と答えるのが精いっぱいになってしまう。

その後も本郷は改善すべき点、良い点を指摘した。そのいずれもためになる意見だったけれど、陽菜は聞きとめることしかできない。

たとえ誰にも見られていないとしても、夜の会社で二人きり。その上こんな体勢なんて、心臓が持たない。

「──うん、今気になったのはそれくらいかな」

「あ、ありがとうございます」

やっと本郷のアドバイスが終わった。

この体勢もこれで終了だ。彼はふざけているだけなので、すぐに離れてくれるだろう。

そう、思っていたけれど、その予想は外れる。

「――さて、陽菜」

不意に本郷が陽菜の耳元で名前を呼んだ。

甘すぎる響きに陽菜は一瞬にして固まる。そんな彼女の腰を左手で抱いたまま、本郷が右手で陽菜の唇をすうっと撫(な)でた。

「っ……」

陽菜からは彼の表情が見えない。だから余計、頬を撫(な)でる官能的な手つきに背筋が震えた。

「『口説(くど)くって、言ったくせに』？」

呟かれた言葉に、陽菜は上半身を本郷へ向ける。

「っ……聞いて……！」

振り返った陽菜の視界いっぱいに本郷の顔が映った。そして次の瞬間、彼にキスされる。

「まっ……本郷さ、んっ……！」

陽菜の言葉を封じ込めるように彼の舌先が唇を割って入り込む。その舌が陽菜の舌を捕えた。

絡み合う度にくちゅくちゅと音が響く。陽菜は顔を逸(そ)らして逃げようとしたけれど、本郷に後頭部を支えられていて、かなわなかった。

——熱い。

彼は、ちゅっ、ちゅっと食むようなキスをしたかと思えば、ぐいっと舌を奥まで入れてくる。そして陽菜の舌裏をぺろりと舐めて、歯列をゆっくりとなぞった。

まるで全てを確認するような激しい口づけに、次第に陽菜の抵抗が弱まる。

——ダメ。こんなところでキスなんて。私たちは、恋人じゃないのに。

その気持ちに嘘はない。けれど逃げ場のないキスが少しずつ陽菜の思考を奪っていく。

ホテルの時のようにひたすら陽菜を気遣うような、慈しむような優しいキスとは違う。陽菜の動きを封じるように強引なキス。

——気持ちいい。ただキスをしているだけなのに、思考がとろけそうになる。

「可愛い」

しばらくして本郷が陽菜の唇を食み、顔を離す。つうっと透明な糸が二人の間を繋いだ。

はあはあと呼吸を乱す陽菜の額に、本郷がこつんと自分の額を合わせる。

「顔が真っ赤だね」

「……あなたのせいだわ」

息も絶え絶えに言葉を返すと、彼は「そうだね」と表情を綻ばせた。

その笑顔があまりに綺麗で……陽菜が愛おしくてたまらない、まるでそう言っているようだったから。

——陽菜は誘われるように自ら本郷にキスをした。

ほんの一瞬、唇を掠めただけの戯れみたいなキス。

無意識の行動に、陽菜はすぐに我に返る。本郷は目を瞬かせた後、ふわりと笑った。

「……どうして？」

低い声が優しく問う。返事をする代わりに陽菜は本郷を見つめた。

自分の行動なのに分からない。きっと、とろけそうなキスの連続で思考が揺らいでいたせいだ。分かるのは、あの夜と同じ——触れたいと、素直にそう思ったこと。

本郷が右手の親指で陽菜の頬をそっと撫でる。次いで乱れた前髪を耳の後ろへ流し、背中も撫でた。

途端に甘い痺れが陽菜の背筋を走る。

ぴくん、と体を震わせると、彼はこめかみに触れるだけのキスをした。目尻、頬、そして唇。激しいキスと、触れるだけのキスを繰り返す。

そのキスに翻弄された陽菜は、言葉を出せない。

けれど、本郷がもう一度陽菜の唇に触れようとした時、廊下からこちらに向かってくるパタパタという足音が聞こえた。

（こんなところ見られたらっ……！）

陽菜は慌てて本郷の膝から下りようとしたものの、膝の力が抜けて、かくんと腰が落ちる。それを抱きとめた本郷が陽菜を椅子に座らせ、自分は立ち上がってくすりと笑った。

「——キスだけで、腰が抜けちゃった？」

陽菜の頬がかっと熱くなる。

（誰のせいだと思っているの！）

しかし今の陽菜には、言い返す余裕がない。

きっとグロスは剥（は）がれているし、本郷と二人きりだ。こんな姿を誰かに見られたら、明日からどんな顔をして会社に来ればいいのか分からなくなってしまう。

「——少し、じっとしていて」

本郷は陽菜を残して廊下へ向かう。彼がドアの前に立つのと同時にバンッと開いた。

「本郷課長？」

ドアを開けたのは佐藤だ。

「お疲れ、佐藤君。忘れもの？」

「家に着いてからスマホを忘れたのに気付いて……本当にすみません！　……あれ、でも本郷課長、直帰のご予定でしたよね？」

「確認したいことがあってね、もう少し残っているつもりだ」

「自分に何か手伝えることはありますか？」

「ありがとう、でも大丈夫だよ。君はまだ色々と慣れなくて大変だろう？　早く帰って、少しでも体を休めたほうがいい」

本郷がすっと佐藤のデスクに近づき、またドアのほうに戻る気配がする。ちょうど陽菜の位置からはそこが死角になっていて見えない。

「スマホはこれ？」

「は、はい。それでは失礼します！」

「うん、お疲れ様」

足音が遠ざかっていく。

二人の会話を息を殺して聞いていた陽菜はほっと力を抜いた。

「――さて、もう大丈夫だよ」

「……全然、大丈夫じゃありません」

まだ心臓がドキドキしている。陽菜はこんなに緊張していたというのに、本郷は相変わらず涼しい顔だ。

「慌てる君も可愛いね。佐藤君が今の陽菜をみたら、別人だと思うんじゃないかな」

「からかわないで下さいっ！　……本当に、驚いたんですからね」

余裕綽々の彼は、陽菜がキッとにらんでも気にする様子がない。

「ごめん、謝るからそう怒らないで」

彼は椅子に座ったまま頬を紅潮させる陽菜の近くに跪くと、彼女の手のひらにちゅっと口づけた。王子様のような仕草に、今度は別の意味で胸が大きく跳ねる。

「明日は難しいことは何も考えず、自信を持ってプレゼンテーションすればいい。そうすれば結果は自(おの)ずとついてくるはずだよ」

それは上司としての言葉だろうかと考えた陽菜は、一度開きかけた口をきゅっと閉じる。

「……頑張ります」

恥ずかしさで、真っ直ぐ目を見返すことができない。

本郷はそんな陽菜の頭を「期待してる」とぽん、と撫(な)でた。そして、陽菜が彼に指摘された部分を直し始めようとすると、ため息をついてたしなめる。

「俺が指摘したのは、どれも明日の朝直せば充分間に合うものだ。今日は切り上げてゆっくり休むこと」

続けて悪戯(いたずら)っぽく笑う。

「『休むのも仕事のうち』。君はよく後輩にそう言ってるだろう?」

確かにそれは陽菜がしばしば使う言葉だった。でもまさかそれを本郷が聞いていたなんて。

仕事中の何気ないやり取りも見ていてくれるのだ、という驚きと少しの照れを感じながら陽菜は「はい」と素直に頷いたのだった。

翌日。

陽菜は、自分でも驚くくらいスムーズにプレゼンテーションを進めることができた。

会議終了後、本郷と二人で会議室に残る。椅子に座った陽菜は、ぼんやりしながら手元の資料を片付けていた。

両手は確かに動いているのに、どこか気持ちが浮ついているような、足元が覚束ない感覚がする。

（……やっと、終わった）

少し前までこの会議室には、代表取締役を始めとした錚々たる役員の面々が集まっていたのだ。普段は滅多にお目にかかれない重役らを前に、陽菜は終始緊張していた。けれど、本郷は違ったようだ。

戦略会議中、彼は一度も慌てることなく静かに陽菜を見守っていた。

微塵も動じない彼が近くにいたことで、陽菜は落ち着いてプレゼンができたのだ。

不意に、その本郷に肩を叩かれる。

「朝来主任、ブラックとミルク、どちらがいい？」

本郷が差し出してくれた缶コーヒーは会議の余りだ。彼は、もったいないからと茶目っ気たっぷりに肩をすくめる。それに釣られるように陽菜は「ブラックで」と答えた。

「好みが分かれて良かった。はい、どうぞ」

「課長はミルク派ですか？」

「んー……ブラックも飲めなくはないけど、基本的に甘いものが好きでね」

本郷は陽菜のすぐ隣、会議室のテーブルに腰かけると脚を組んでコーヒーに口をつける。お世辞にも褒められた態度ではないけれど、今はその気安さに不思議とほっとした。

「お疲れ様」

よく頑張ったね、と本郷は陽菜の頭をぽん、と撫でる。

いつもの陽菜ならすぐに「やめて下さい」と逃げたはずだ。けれど今日は素直に頷く。

「……はい」

ここが会議室であることも忘れて、その大きな手のひらの温かさに安堵した。自然と上目遣いになり、今一度「ありがとうございます、課長」と頬を綻ばせる。

「……君って人は」

本郷は目を見開き、深いため息を一つついた。

「課長？」

「――なんでもないよ」

目を瞬かせる陽菜に、彼は「良いプレゼンテーションだったよ」と言って頭から手を離す。

「でも意外だな。もっと喜ぶかと思ったけど。それともいつもクールな朝来主任は、こんなことくらいじゃ喜ばないのかな？」

そう、陽菜の企画は見事に採用された。

「そんなことありません」

陽菜は小さな声で答える。そして本郷を軽くにらんだ。

（クールだなんて思っていないくせに）

陽菜は本郷の前では一度だって、『クールで仕事ができる朝来主任』でいられたことがない。

いつも心がそわそわして、それを抑え込むのに必死な、ただの恋愛初心者だ。

「……ただ、まだ実感できないんです。本当に私の企画が通ったのかなって」

そっと息を吐き出す。

「自信を持っていい。君の企画が採用されたんだ」

「あ……」

「胸を張って。これから今まで以上に忙しくなるよ」

その言葉にようやく陽菜は実感した。

瞬間、胸の中にじわじわと純粋な喜びが湧き上がる。今すぐ大きな声で叫びたいような、誰かに抱き着きたいような、そんな衝動にかられた。

「本郷課長」

それができない代わりに陽菜は、深々と頭を下げる。

「色々とアドバイスを下さって、本当にありがとうございました」

この一か月、本郷は愚痴も文句も言わずに陽菜に付き合ってくれた。

やはりこの企画が通ったのは、彼の協力による部分が大きい。

「このお礼は、必ずさせていただきます」

すると本郷が口の端を上げる。

「お礼なら、キスが嬉しいな」

「またそういうことを！」

むっとして顔を上げた陽菜は、すぐ目の前にある顔に息を呑む。

本郷は優しい表情で陽菜を見ていた。

（――どうして？）

「さすがにそれは無理か……。それなら今度の日曜日は空けておいてくれる？　少し付き合ってほしい場所があるんだ」

本郷は、最近オープンしたばかりの大型商業施設の名前を挙げる。

国内外問わず最新のアイテムがそろうと評判で、花霞もいち早く出店している場所だ。

今後、プロジェクトが順調に進めば、陽菜が企画した新規ブランドもその中に商品を並べる。

「仕事ですか？」

そう聞くと、本郷は新ブランドを展開するにあたって実際の店舗を見てみたいと答えた。

「そういうことでしたら、喜んでお付き合いさせていただきます」

陽菜は頷いた。

（ちょうどサイズを直したい指輪もあったし）

もしも時間に余裕があれば、久しぶりに買い物ができるかもしれない。ここ最近ずっと働き通しの日々を送ってきたので、久しぶりの完全なオフの予定に少し浮かれてしまう。

お礼はキスでなどと本郷が言うものだから身構えてしまったが、なんだかんだいって彼は真面目なのかもしれない。

「それでは、現地待ち合わせでよろしいですか？」

浮かれる陽菜に、本郷はなぜかくすくすと笑い始める。

「陽菜」

名前を呼んで、陽菜の耳元で小さく囁（ささや）いた。

「分かってる？　これ、デートのお誘いだよ」

固まる陽菜を前に、本郷は陽菜の家まで迎えに行くからと、どんどん予定を決めていく。

「……し、仕事だと言ったからOKしたんですよ？」

そう陽菜が抗議しても、本郷は譲らなかった。

「もちろん、仕事も兼ねているさ。それにお礼してくれるって言ったのは、誰だったかな」

「……私です」

陽菜の反論を封じ込めていく。

「――デート、楽しみにしてる」

そう、本郷が甘く微笑んだ。

デート前日。

（デートって、何……？）

――二人で遊びに出かけること、もしくは男女や想い合う者同士が一緒に過ごすこと。

もちろんそれは分かっているが、スマホで「デート」の定義を検索してしまうほど、陽菜は混乱していた。

本郷と二人きりで出かける、デートをする、そう意識した途端、どうすればいいか分からなくなる。まず着ていく服に迷った。

「お願い、胡桃。デートに着ていくコーディネイトを考えるのに付き合って！」

親友に泣きついた陽菜は久しぶりに胡桃の自宅を訪れた。

都内の一等地に佇む洋風の屋敷。お手伝いさんに案内されて屋敷内に入ると、「いらっしゃい」と胡桃が階段を下りてくるところだった。

「お嬢様、お飲み物は後程お部屋にお持ちいたしますか？」

「ありがとう。でもこれから服を広げたり、ばたばたすると思うからいらないわ。必要な時に自分たちで取りに行きます」

「承知いたしました。――それでは陽菜さん、ごゆっくり」

「ありがとうございます」

お手伝いさんは軽く会釈をしてその場を後にする。

（……いつ来ても凄いわね）

学生の時から何度も遊びに来ているけれど、陽菜はその度に圧倒されている。同時に胡桃が正真正銘のお嬢様であることを実感するのだ。

「陽菜に似合いそうなのをいくつか用意しておいたわ、来て」

「急なお願いだったのにありがとう、胡桃」

「本当よ。おかげで今日のデートはキャンセルしたんだから」

最近いい感じの彼との初デートだったのに、と胡桃は大袈裟(おおげさ)にため息をつく。

「う……ご、ごめんね」

陽菜が眉を下げると、胡桃は「冗談よ」と肩をすくめた。

胡桃の部屋に隣接する衣装部屋に案内される。クローゼットには靴とバッグ、洋服や帽子がずらりとそろっていた。

その中の一角にまとめてあった衣装を、胡桃が手早く陽菜の前に並べる。

「私の服だとサイズが合わないから、姉にいくつか借りておいたわ」

胡桃には四歳年の離れた姉がいて、彼女は陽菜と背格好がよく似ているのだ。

「今日お姉さんは?」

「仕事よ。パパと一緒に取引先の社長と会食ですって。跡取り娘は大変みたい。——さ、それで。どれにする?」

爽(さわ)やかなネイビーのワンピース、シフォンブラウスに合わせたタイトスカート……。

胡桃が選んだだけあってセンスがいい。

しかし、いずれも陽菜好みの可愛い系ではなくセクシー系だ。もちろん過度な露出はないけれど、程良く体のラインを見せるようなデザインばかりだった。

「なあに、不満そうな顔して。これがダメなら他にも用意するけど?」

「違う違う！　不満なんかないわ、どれも素敵よ。ただ……もう少し、可愛らしいイメージの服があれば見せてほしいなと思って」

「可愛い？」

「その、モデルの美波さんみたいな……？」

陽菜は鏡越しにちらりと胡桃を見る。すると彼女は一瞬目を見張った後、あからさまに不機嫌な顔をした。

「あ・ん・たはっ！　何百回言えば分かるの、どこからどう見たってあんたの顔も体もゆるふわ系じゃないでしょう！」

「いた、痛い！　鼻をつままないで！」

胡桃は陽菜の鼻をつねった後、両手を組んでじろりとにらむ。小柄な彼女から目には見えない威圧をはっきりと感じた。

「確かにここには可愛い系の服もあるわ。別にそれを貸してもいいわよ、ピエロになる覚悟があるならね！」

「ピ、ピエロって……さすがに酷いんじゃない？」

言い返そうとするも、即座に「事実でしょ」と一刀両断されてしまう。

「……ったく、どうしたのよ。最近のあんた、やけに美波のことを気にしてない？　それってやっぱり、バス王子が美波の広告に見惚れていたからなの？」

「それは……」

陽菜はぐっと言葉に詰まる。

実際のところ、陽菜自身はいわゆる「キレイ系」の服しか似合わないことを自覚している。社会に出て数年経ちそんな自分にも慣れた。しかしいざ本郷と出かけることになり、久しぶりに不安を抱いてしまったのだ。

「その反応ってことは、デートの相手は彼なわけね。いつの間にそんなに親しくなったのよ。この際、隠していることを全部話しなさい」

陽菜は本郷にデートに誘われたことを話す。すると、胡桃は「呆れた」と肩をすくめた。

「彼が誘ったのは美波じゃなくて陽菜なんだから、気にしなくていいのに」

「それは……分かっては、いるけど」

そう。頭では分かっているのだ。少しだけもやもやするだけで。

そもそもデートと言っても本郷がどこまで本気なのか知らない。

からかわれている可能性だってある。それでも、明日一日共に過ごすことで彼にお礼ができるのなら、陽菜に断るという選択肢はなかった。

「まあいいわ。可愛く思われたいって気持ちは分かるしね。彼と付き合ってるの？」

「まさか！」

「どうして？　誤解とやらも解けたんでしょう。これ以上障害があるとは思えないけど。陽菜だってその人のことが好きなんでしょ？」

「……好き？」

その問いに陽菜は核心を衝かれたような気がした。

「違うの？」

もう一度聞かれて考える。

「……分からない」

言葉がぽろりと零れ落ちる。同時にやっと腑に落ちた。

婚活パーティーの夜。陽菜は本郷が好きだ、この人と恋人になりたいと本気で思った。

しかし直後に、「この人も結局は自分の見た目だけが目当てなのか」と一人で勝手に失望したのだ。

そして上司と部下として再会してからは、彼の二面性にドキドキしている。

何より時折見せる「男」の表情に、陽菜は何度も心臓を高鳴らせた。

本郷は陽菜以外の人間に肉食系の一面を見せてないようだ。つまり彼の素顔を知っているのは多分、社内で陽菜だけ。

彼が何を考えているのか、陽菜には分からない。

だから、警戒していたのだが――

（好き……？）

「……『好き』と言えるほど、私はあの人のことを知らないわ」

陽菜が本心で答えると、胡桃は小さくため息を吐く。そして「馬鹿ね」とどこか優しい声で言った。

「陽菜は難しく考えすぎよ。もっとシンプルでいいのに。いいなと思ったら付き合う、嫌だと思ったら別れる。……まあ、それができたらもうとっくに彼氏がいるはずだけど」

凹(へこ)む陽菜に胡桃は続ける。

「知らないなら、知ればいいじゃない。明日は二人きりなんでしょう?」

二人きり――その言葉に陽菜ははっとする。

「使い古された言葉だけど、今のあんたに一番ぴったりな言葉を教えてあげる」

目を瞬(またた)かせる陽菜に、胡桃が微笑む。

「――恋はするものじゃない。落ちるものよ」

胡桃の言葉は陽菜の心にすとんと落ちた。

◇

翌日――日曜日の早朝。

普段の週末よりも早く起床した陽菜は、エプロンを身につけキッチンへ向かう。

本郷が甘いものが好きだと言っていたので、お菓子を作ることにしたのだ。

あの企画は、陽菜一人の力では到底通らなかった。こうして結果を出せたのは、本郷の協力があったからなのは間違いない。

だから陽菜は、なんらかの形で感謝の気持ちを示したいと考えている。

言葉では、上手に伝えられない気がしたから。

『好きなんでしょ？』

昨日の胡桃の言葉を思い出し、陽菜はお菓子の生地をかき混ぜる手をぴたりと止めた。

ふと、これはバレンタインに告白しようとする女子学生に似ていると考えつく。

陽菜は急いでその想像を打ち消した。

あまり意識しないようにしよう、と自分に言い聞かせてお菓子作りに没頭する。そうして動き回ること約二時間。

「……作りすぎたかしら？」

あれもこれもと欲張るうちに、テーブルの上には数種類のお菓子が並んでいた。

クッキー、スコーン、チョコレートに、マカロン……

陽菜が男性にお菓子をプレゼントしたのは、過去に一度だけだ。

それで失敗して以来、異性にお菓子を渡したことはない。

それくらい、陽菜の手作り菓子を拒否した元カレの言葉は、トラウマになっている。

それでも陽菜は、この日お菓子を用意した。

様子を見て本郷に渡すことができればいい。

ラッピングを終えたお菓子の詰め合わせをバッグに詰める。そして自分の身支度に取り掛かろうとして、急に不安になった。

――もしも、本郷にも迷惑がられてしまったら？

しかし一瞬でそれを打ち消す。彼がそんなふうに陽菜を否定する姿が想像できない。

『――デート、楽しみにしてる』

本郷の声が、蘇（よみがえ）る。

約束の時刻は午後一時。

（メイクも服も、大丈夫……よね？）

鏡の前で最後のチェックをすると、陽菜は待ち合わせ時刻の十分前に部屋を出た。

時間は少し早いけれど本郷は上司。マンションまで迎えにくるという彼を待たせるわけにはいかない。

エレベーターに乗り込み、念のためにスマホを見る。新着メールが一件あり、なんとはなしにそれを開いた陽菜は唖然とした。

『下で待ってるよ。　本郷』

（まさか！）

エレベーターが一階に着くなり、急いでエントランスに向かう。

「あれ、早かったね」

のんびりとスマホから顔を上げた本郷と目が合う。

その姿に、陽菜は息を呑んだ。

彼のラフな私服を見るのはこれが初めてだ。仕事の時はもちろん、婚活パーティーの時もスーツだった。

「陽菜？」

名前を呼ばれてはっとする。

「どうかした？」

「……なんでもありません」

まさか「あなたに見惚れていました」と正直に言うわけにもいかない。

「あの、名前で呼ぶのはやめてもらえませんか？　今日は、その……仕事でしょう？」

つい可愛げのない返事をしてしまう。それなのに本郷はふわりと笑った。

「陽菜のお願いはちゃんと聞くよ。仕事中は呼ばない。けど、俺にとって今日は、記念すべき君との二度目のデートだからね」

陽菜はそれ以上何も言えなくなった。喉の奥で言葉が詰まる。

（こんなの、ずるいわ）

二度目のデート――本郷はホテルでの出来事を初デートとしてカウントしている。

戸惑う陽菜に、本郷は容赦ない。

「今日も綺麗だね」

「へっ？」

「綺麗というより、可愛いかな？　うん、そういう格好も似合っている。真面目な君のことだから、もしかしたらスーツで来るかと思ったけど」

そう言われて、陽菜はかあっと赤くなった。

口では仕事だと言っていたのに、デートだと意識しているのを見透かされている気がする。

「きゅ、休日ですから私服にしました」

どうにか答えると、本郷は「可愛いよ」ともう一度言った。

彼は息をするように陽菜を褒める。その言葉一つ一つがまるで宝石のように陽菜の耳に響く。

彼にとってそれは挨拶なのかもと考えたこともあったが、翻弄されるのは止められない。

「それじゃあ、行こうか」

本郷が歩き始めたのは、バス停とも最寄り駅とも違う方角だ。不思議に思って聞くと、彼は「車で来てるから」とあっさり答えた。

彼が車を停めていたのは、マンションのすぐ近くのコインパーキング。

「さあ、どうぞ？」

当たり前のように助手席の扉を開ける本郷に、陽菜は心の中で降参したのだった。

二人は当初の予定どおりショッピングモールへ向かった。車内のＢＧＭは洋楽のリミックスだ。

会話は自然と新ブランドの話題になった。

既に美波サイドにはオファー済みだ。驚くことに、先方からはすぐに反応があった。なんでも美波自身が随分と乗り気で、週明けに顔合わせのアポイントメントが取れている。実際に新ブランドが立ち上がるまでは何か月もかかるけれど、幸先のいいスタートが切れ、陽菜はほっとしていた。

「そういえばこの間のプレゼン、随分と評価が高かったよ。役員たちも感心していた」

「本当ですか⁉」

車内に二人きりというシチュエーションに初めは緊張していたけれど、仕事の話になると自然と頭が切り替わる。

「あえて一つだけ言うなら、もう少しリラックスしたほうがいいかな。ああいう時に大切なのは――」

真摯なアドバイスをくれる本郷に、陽菜のスイッチが完全に入った。

「ごめんなさい、少しお待ちいただけますか」

バッグから手帳を取り出し、急いで彼の言葉を書き留める。すると、本郷がくすりと笑った。

陽菜は顔を上げて彼を見る。

本郷は前を向いたまま、しかし一瞬だけミラー越しに陽菜に視線を投げた。

「……本当に仕事が好きなんだね」

視線が重なる。手が触れたわけでも、唇が触れたわけでもない。それなのに陽菜の心は熱くなる。

「そういうところ、好きだよ」

彼の視線一つで陽菜の心は跳ねるのだ。


それから二人がショッピングモールに着いたのは、午後二時近くのことだった。

「ここの店には来たことがある？」

「はい。開店前に数度」

その時は店舗のインテリアを確認したり、売り場スタッフと打ち合わせたりした。

本郷はすぐに店に向かわず、足を止める。

「先に何か差し入れを買っていこうか」

陽菜は「承知しました」と頷く。

生真面目な返事に苦笑しつつ、本郷が陽菜の手を握った。陽菜は慌ててそれを解こうとする。

「……課長、こういうのは困ります」

これでは本当に恋人同士のようだ。

ただでさえ昨日の胡桃の言葉で今まで以上に意識してしまっている。本郷がどういうつもりかは分からないけれど、距離が近すぎるのは困った。

「ダメだよ」

しかし本郷は笑顔でそれを封じると、陽菜の耳元で「陽菜」と囁いた。まさか、モール内でそんな不意打ちを受けるとは思わなかった陽菜は、空いた手でぱっと耳を押さえ、隣をきっと見上げる。

けれども彼が動揺する様子は微塵もない。

「プライベートでまで役職で呼ばれたくないなあ、俺」

「……本郷さん」

彼にとってはプライベートかもしれないが、仕事でもあるのに。

そんな内心をぐっと呑み込む陽菜に、本郷は「仕方ないね」と苦笑する。

「本当は名前がいいけど。まあ、及第点かな」

柔らかな表情の彼が陽菜の頭を一度だけ撫でる。

もしも今日一日こんな調子なら、陽菜の心臓はとてももたない。だから、陽菜は言った。

「本郷さん、一つお願いがあります」

「何？　できることならなんでも叶えてあげるよ」

どこからそんなに甘い声が出るのか。陽菜は頬を赤らめつつ、さっさと伝えるべき言葉を口に出した。

「手を繋ぐ以上は、なしですからね？」

本郷は面白くないとばかりに「どうして」と肩をすくめる。わざわざ言わなくても気付いてほしいと思いながらも陽菜は答えた。

「……ドキドキしすぎて、買い物どころじゃなくなっちゃいます」

こちらは必死で頼んでいるのに、本郷は一瞬息を呑んだ後、深々とため息をつく。

「――それ、狙ってやっているの？」

意味が分かりません、と返すと、彼は天井を仰いだのだった。

二人がまず向かった先は、海外でも有名なショコラトリーだった。

店舗への差し入れとは別に、陽菜は商品を選び始める。

「誰かに贈り物？」

「はい。美波さんにお会いする時に渡そうと思って。彼女、ここのショコラが好きだと以前雑誌に書いてあったんです」

「なら、これは？」

本郷がボックスの可愛らしい詰め合わせを手に取る。いいですね、と陽菜がそれに決めた時、不意に彼は言った。

「きっと喜ぶと思うよ、彼女、甘いものが好きだからね」

陽菜はぱっと本郷へ顔を向ける。

確かに、美波は甘い物が好きだ。実際に彼女のSNSには頻繁にお菓子が登場する。

「本郷さんも、美波さんについて調べられたんですか？」

つい聞いてしまったものの、「これも仕事のうちだからね」などといった、あっさりした答えが返ってくると思っていた。けれど本郷は「しまった」といった表情をする。それはほんの一瞬だったが、やけに印象深く陽菜の目に映った。

彼はばつが悪そうに眉を寄せる。

「……実は、美波のファンなんだ」

まさか正直にカミングアウトするとは予想してなかった陽菜は、呆気に取られる。その無言をどう捉えたのか、彼は珍しく焦ったようだった。

「一応言っておくけど、企画を推薦したのはだからじゃない。君の企画が魅力的だったからだ」

そこはさすがに疑ったりはしない。でも、バスで美波の広告を見つめていた彼の横顔を思い出す。

(本郷さんが、美波のファン)

知っていたこととはいえ、胸がもやっとした。

(……考えすぎちゃ、ダメ)

モデルと自分を比較しても仕方ない、と陽菜は無理やり雑念を振り払った。

それから目についた雑貨屋を見て、本屋に立ち寄る。

――それはまるで、本当に「デート」のようだった。

休日ということもあってモールはとても混んでいる。途中までは並んで歩いていた二人だけれど、本郷が陽菜の手を取った。

さりげなく繋がれた手は恋人繋ぎ。

本郷はどこか楽しそうに、そして試すように、くすりと笑う。

「――っ」

不意に見せた微笑みに陽菜は息を呑む。

よそよそしくして自分を保っている陽菜に対して、今日の本郷は待ち合わせをした時から今までずっと楽しそうだ。

「どうしたの？　さあ、行こう？」

無邪気な笑顔に裏があるとは、とても思えない。

初めに手を繋がれた時は振り払おうとした陽菜だったけれど、少しためらい、そっと握り返す。すると本郷が力をこめた。

手のひらから伝わるぬくもり。

自分よりずっと大きな手のひらにトクン、トクンと胸がはねる。

そのまま二人は、花霞の店舗を訪れた。陽菜は店長に本郷を紹介して差し入れを渡すと、ついでに持参した自分の指輪を渡してサイズ直しを依頼する。

「私は店内を見ていますね」

「ああ、また声をかけるよ」

その後陽菜は、一般の客に混じって店内をゆっくりと散策した。

時折ショーケースを眺めながらも、客の様子をうかがう。

店員に婚約指輪について熱心に尋ねる男性。陽菜と同じ年代の幸せそうなカップル。中にはひやかすだけの人もいるけれど、興味を持ってくれるのはとても嬉しい。

ここに自分の企画から生まれた新商品が並ぶのだ。その様子を想像するだけで心が踊った。

そこに本郷が戻ってくる。

「お待たせ」

「お疲れ様です。お話はもう大丈夫ですか？　やっぱり現場の声を直接聞くと勉強になるね」

「ありがとう、充分話せたよ。やっぱり企画部とは違いますか？」

「元々は営業をなさっていたんですよね。やっぱり企画部とは違いますか？」

「違う部分は確かにあるね。俺は基本的に企業向けの営業だったけれど、店舗に行くことも時々あったんだ。正直楽しいことばかりじゃないとはいえ、ダイレクトに顧客の反応が見られる面白さはある」

「本郷さん、営業に向いている気がします。ファンも多かったんじゃないですか？」

この抜群のルックスと物腰の柔らかさだ。そこに商品知識が加わっている彼が営業で優秀な成績を残したのも頷ける。

「まあ、贔屓にしてくれる人はいたかな」

「やっぱり。営業は会社の華ですよね。……私には少し、難しいかも」

謙遜ではなく率直にそう思う。入社と同時に商品企画部に配属された陽菜は、他の部署の経験がない。

陽菜の中の営業のイメージは、明るさと笑顔だ。特別不愛想だったり、無口だという自覚はないけれど、「クール」と言われているあたり中々厳しい気がする。

「そんなことないと思うけど。俺は案外、陽菜は営業向きだと感じてる」

もちろん今の仕事が向いていないというわけではないよ、と本郷は続ける。

「愛想の良さや明るさはもちろん大切だけど、結局のところ信頼されるかどうかだ。『この人と仕事がしたいか』『この人に仕事を任せていいか』、そこにつきると思う。その点、陽菜は部署内の信頼が文句なしに厚い。特に後輩からの支持率は抜群だ」

「私が、ですか？」

「もちろん、俺も支持者だよ」

本郷はパチン、とウインクする。様になるのが流石だ。

（どうしよう……嬉しい）

まさか、ここで褒められるとは思わなかった。何より容姿ではなく仕事ぶりを褒められたのが心にじんわりとくる。それだけ本郷が陽菜を見てくれていたということだ。それが嬉しくて、恥ずかしい。

不意打ちの賛辞に顔が熱くなり、両手を頬に当てて「ありがとうございます」と囁くように礼を言う。

自然と上目づかいになる陽菜に、本郷はピクリと眉を動かした。

「一つ、訂正。やっぱり商品企画部で良かった。もしも陽菜が営業だったら、モテてしょうがなかっただろうからね」

「……からかわないで下さい」

「俺は冗談は言うけど嘘は言わないよ。——さあ、行こう。ここからはデートの時間だ」

「ちょっと、本郷さん!?」

またも恋人繋ぎをされて、陽菜は慌てる。けれど、本郷の顔を見た瞬間、その気持ちはどこかに行ってしまった。

（……なんて顔で笑ってるの）

陽菜を見下ろす本郷の視線はとても優しくて、甘い。

こんな一面を見せられると、強引に迫ってくる彼とは、やはり別人なのではないかと思ってしまう。

そして悲しいことに、陽菜は出会った時からこの顔に弱いのだ。

その後もあちらこちらとモール内の店を回り、気付けばあっという間に夕方になっていた。

「——さて、と。さすがに少し疲れたな。陽菜と一緒にいるのが楽しくて、年甲斐(としがい)もなくはしゃいじゃったよ」

見た目だけなら陽菜よりも若い本郷が、そんな年寄りじみたことを言った。それがなんだかおかしくて、たまらず陽菜は笑ってしまう。

「今は……五時半か。レストランは六時に予約してあるから、そろそろ良い時間だね」

腕時計を確認した本郷は、「その前に少しだけ休もうか」と切り出した。

「歩き通しで疲れただろう？　飲み物を買ってくるから、そこで少し待っていて。ブラックコーヒーでいい？」

「はい」

「そこから動いちゃ駄目だよ。ナンパされたら困るからね」

真面目な顔で注意された陽菜は「大丈夫ですよ」と苦笑する。当たり前のようにブラックコーヒーと言ってくれたのが、なんだかくすぐったかった。

一人になった陽菜は、ふと今日の自分たちの行動を振り返る。

手を繋いで買い物をして、お茶をして、時々くだらないことを話して、笑い合う。

──それらは全て、陽菜が一度はしてみたいと思ったことばかりだ。

陽菜にとっての大人の買い物デートは、今日が初めて。

本郷は、酔っぱらいの他愛のない話を覚えていたのだ。そして、さり気なく実現してくれた。

仕事でもプライベートでも陽菜は本郷に与えられてばかりだ。こんなに優しくされると、まるで大切にされているような気がしてしまう。

ベンチに腰を下ろした陽菜は、少し離れたコーヒーショップに並ぶ本郷の横顔をそっと見つめる。

（……不思議な人）

出会った時、彼は自分のことをしがないサラリーマンだと言っていた。しかし少なくとも陽菜が彼のような男性に会ったのはこれが初めてだ。

高級ホテルのバーが行きつけで、泊まる部屋はスイートルーム。そうかと思えば大衆的なショッピングモールにもなじんでいる。

そして、そのどちらにおいても彼は特別な顔を覗かせた。

優しくて、穏やかな「本郷課長」。

それが会社の人たちが知る彼の姿だ。

でも陽菜は知っている。

本郷が優しいのは多分、本当。しかし彼は、決して優しいだけの男ではない。

陽菜の前で幾度となく見せた「男」の顔。仕事の時に不意に見せる真剣な表情。そしてこんなふうに陽菜の希望を叶えてくれるさり気なさ。

本郷のような男を本当のモテ男というのだろう。

並んでいる本郷と目が合うと、彼はにこりと笑った。そして彼が飲み物を受け取り、戻ってくる。けれど、その途中で二人の女性に声をかけられていた。声は聞こえないが、雰囲気で分かる。

「……逆ナン？」

多分、本郷はその女性達から一緒に遊ばないかと誘われていた。

女性が男性を誘う現場を実際に見るのはこれが初めてだ。さすが本郷というべきか。

女子大生だろうか、二人組の女性は、やけに高いテンションでしきりと本郷に話しかけている。

対する彼は困ったように苦笑しながらも、しっかりと応対していた。

なんだか面白くなくて、陽菜は立ち上がる。同時に名前を呼ばれた。

「――朝来？」

本郷とは違う方向、背後からの声に振り返った陽菜は、ひゅっと息を呑んだ。

「やっぱり！」

相手は屈託（くったく）なく陽菜に近づいてくる。

――声が、蘇（よみがえ）った。

『……手作りとか、本当にやめてほしいんだけど』

『そんな性格だと思わなかった』

初めて付き合った恋人が、そこにいた。

「……宮間（みやま）君」

思わず名前を呟く。

学生の頃と比べて子供っぽさが抜けた元カレは、隣に陽菜より頭一つ分ほど小さな女性を連れている。笑顔の宮間とは対照的に、彼女は訝しげな視線を陽菜へ向けた。

「久しぶりだな、元気にしてたか？」

女性と手を繋いでいるところを見るとかなり親しい間柄なのだろうに、昔の恋人に気軽に話しかけるなんて、信じられない。

「……お久しぶりです」

陽菜のぎこちない挨拶に、宮間は眉をひそめた。

「なんだよ、随分と他人行儀だな」

すると、連れの女性が割って入る。

「ねえ。この人、誰？」

「大学の時の友達だよ。なあ？」

「……ええ、そうよ」

宮間の問いに頷いたものの、内心はもやっとしている。

（嘘つき。私たちが「友達」であった瞬間なんて、ただの一度だってないのに……）

彼はどうして話しかけてきたのだろう。陽菜に気付いたところで放っておけばいいのに。

こういう時の女性の勘は鋭く、二人の間に何かを感じ取った女性が、棘のある視線を陽菜へ向けている。

「へぇ……お友達。凄く綺麗な人ね」

「だろ？　大学の時ミスコンに出てたんだぜ」

それなのに宮間は何も気付いていないのか、平気な顔で嫌な話題を出す。

（どうして今ここでその話題を出すの!?）

陽菜が止める間もなく、彼は饒舌に続けた。

「優勝して、学内中で『女王様』って呼ばれたんだから」

なぜか得意げな宮間の言葉に、女性は「何それ、面白い」と噴き出した。

――最悪だ。

人には知られたくない過去。何より、明らかな侮蔑交じりの笑いに、陽菜は拳を握りしめる。

ほんの少し前までは、本郷と過ごした一日を思い返して、ふわふわした気分だった。

しかし今は胸の奥がきりりと痛い。

陽菜は元カレとの再会を懐かしいなんて全く思えないのだ。

本音を言えば、今すぐこの場から離れたい。けれど、今は本郷を待っている身。複雑な心中を表情に出さないように、ぐっと耐える。

すると、女性が怯えたように「怖い」とわざとらしく宮間の腕にしがみついた。

「にらまれちゃった」

宮間は彼女にへらりと笑う。

「大丈夫だよ。見た目はこれだけど、中身はすっげえ女の子だから。あれだよな、趣味はお菓子作りだったたっけ？」

「……何それ、ギャップでも狙ってるの？」

女性がくすくす笑うと、宮間も釣られるようにぷっと噴き出す。

瞬間、陽菜はバッグの中のお菓子を今すぐ捨ててしまいたい衝動に駆られた。

——もう嫌だ。

バッグを握りしめる。その時、本郷が走って戻ってきた。

「陽菜」

隣に並んだ彼は、陽菜の顔を見るなり表情を変える。それは陽菜も初めて見る、怒りを押し隠すような冷たい表情だった。

しかしすぐに穏やかな顔に戻り、彼は陽菜の腰をくいっと引き寄せる。そして、まるで目の前の二人に見せつけるかのように甘い声で「陽菜」と呼んだ。

「お友達？」

問われた陽菜は二人に視線を向ける。

「……学生時代の知り合いです」

宮間は面白くなさそうな、一方の女性はうっとりとした視線を本郷へ向けている。

「なあ、朝来。この人誰だよ」

宮間が聞いてきた。

馴れ馴れしく名字を呼び捨てにする彼に、本郷の肩がぴくりと動く。

「まさか彼氏とか言わないよな？」

本郷の様子には気付かず、宮間が陽菜を鼻で笑う。明らかに見下したその態度に、陽菜の中で何かが切れた。

陽菜は本郷の左腕にそっと自らの腕を絡ませる。更にぎゅっと密着して、微笑んだ。

「——そうだけど、それが何か？」

それまでビクビクしていたのに一変した陽菜の態度に、目の前の二人はもちろん、本郷も驚いたように目を見張る。それに構わず陽菜は絡めた手に力を込めた。

本郷は驚きながらも陽菜の手を振り払うことはしない。

宮間は自分の恋人が本郷に見惚れていることもあり、面白くなかったのだろう。皮肉っぽく本郷に向かい合う。

「彼氏って、あんたこいつの本当の性格を知ってるんですか？　だってこいつは——」

「君が何を言いたいのか分からないし、聞く気もないけれど」

それを本郷がぴしゃりと遮り、言い切った。

「人の恋人を『こいつ』呼ばわりするのは感心しないな」

恋人。その響きに陽菜はきゅっと唇を強く噛む。

「それに、こんなに可愛い女性は他にいない」

本郷が陽菜を支えるように腰に手を回して、言う。

「これ以上用がないならもう失礼するよ。さあ行こう、陽菜」

彼は宮間から陽菜を守るようにその場を去ろうと促してくれたのだった。

「……ごめんなさい」

モールを出て人気のない駐車場へ出ると、陽菜はすぐに本郷から身を離して顔を背けた。

本郷の「陽菜？」と困惑した声が聞こえたけれど、今は彼の顔を見られない。

――最悪だ。

みっともないところを見られただけではない。自分の勝手な都合で、咄嗟に本郷を利用してしまった。

けれど、自分を見下した昔の恋人を前に、怒りと恥ずかしさを抑えられなかったのだ。

かつて自分をこっぴどく振った相手に、未だに恋人もいない女と見られるのが嫌だった。

そして、彼の隣にいる女性が、陽菜とはまるで正反対の可愛い系だったことも怒りを増長する。

宮間に未練は欠片（かけら）もないけれど、まるで陽菜自身を否定されたようで悔しい。

「先ほどのことは謝ります」

もう一度丁寧に頭を下げる。

「陽菜、俺のほうを向いて」

本郷が穏やかに言う。

その声があまりに優しくて、陽菜はゆっくりと顔を上げた。

「何を謝るの？　俺は何も怒っていないよ」

陽菜を落ち着かせるように、本郷は穏やかに言った。

「さっきの人は？」

昔お付き合いしていた人です。そう言いかけた陽菜は寸前で口をつぐむ。

――知られたくない。

そう思ってしまう自分がいた。

本郷は強引に聞き出そうとはせず、どことなく気まずい雰囲気のまま二人はレストランへ向かう。

車に乗り込む時に貰ったコーヒーが、やけに苦く感じた。

行きはあんなに会話が弾んだ車内に、今は緊張感が張り詰めている。

元凶は他でもない、陽菜自身だ。

本郷は何事もなかったように色んな話題を振ってくれる。企画のこと、今日一日を振り返って、これから向かうレストランについて。

しかしそれらのいずれにも陽菜は空返事をするばかりだ。

本郷もしばらくすると黙ってしまう。

残ったのはどんよりと重い雰囲気だけだ。

そんな状態ではどんなに素敵なお店も、美味しい料理も楽しめるはずがない。

二人きりの個室で、色とりどりのたくさんの料理。密かに夢見ていたデート。そして相手は、一度は憧れていた男性。

これ以上なく素敵な一日の終わりとなるはずだった今日を、陽菜は沈んだ気持ちで過ごしている。

(あんなところで会うなんて、思わなかった)

最初で最後の恋人。

たった三か月の交際期間で「楽しい」と感じたことはほとんどない。

「陽菜」

物思いに耽っていた陽菜は、不意の呼びかけに視線を向ける。

本郷が苦笑いをしていた。

「食事は口に合わなかったかな？」

「そんなことっ！　どれもとても美味しかったです」

陽菜はすぐに首を横に振る。

「本当に？　記憶違いでなければ、陽菜はもっと美味しそうに食事をするよね。俺は君のそんなところもいいなと思ったんだけどな。でもここに来てからずっと陽菜は上の空だ」

彼の言葉に責める気配はない。けれど、心配をかけてしまっている。それがいっそう、陽菜の心に膜を張る。

本郷が悲しげに眉を寄せた。

「——原因はやっぱり、さっきの彼？」

陽菜は静かに頷く。

「……どんな関係だったか、聞いてもいい？」

時折見せる強引な本郷はどこにもいない。今、目の前にいる彼は真摯な態度を崩さず、陽菜を見守っている。

この人に嘘はつけない。つきたくないと、そう思った。

「——昔、お付き合いしていた人です」

その答えに本郷は「そう」と静かに言う。

「まだ好きなの？」

「まさか！」

陽菜は即座に否定した。あの人が好きだなんて、ありえない。

「なら、犬に噛まれたと思って忘れるんだ。好きでもない男のために傷つくことも、凹む必要もないだろう？　そんなの時間がもったいない」

それは予想外の言葉だった。

陽菜は呆れられるか、叱られるかと思っていたのだ。

「……怒らないんですか？」

「怒るって、何を」

「私、嘘をつきました。──あなたのことを恋人だって」

陽菜のその言葉に、本郷は虚を衝かれたような顔をした後、「なんだそんなこと」と愉快そうな顔になる。

「光栄だよ。たとえ嘘だとしても、陽菜の恋人になれたんだから」

「っ──！」

「俺としては、本当にしても構わないけどね。もっとも、そんなことになったら会社中の男を敵にまわすけど」

「……また、そういうことを」

からかわないで下さい、と陽菜は消え入りそうな声で言う。

「もうお分かりでしょう⁉　男性に声をかけていただくことはあっても、実際にお付き合いした経験はほとんどないんです。本当にモテるあなたとは違います」

かつての恋人に見栄を張って、凹んでしまって。こんなに情けない姿ばかりを見られた今、取り繕うことはできない。

「からかっているつもりはないよ」

本郷ははっきりと言った。

「俺にとってだけでなく世間一般の男から見ても、陽菜はとても魅力的な女性だ。そうじゃなければ、口説いたりしない。……それにね、陽菜。君は俺をモテると言ってくれたけど、俺が自分から部屋に誘った女性は、陽菜が初めてだよ」

「え……？」

「俺ももう三十二歳だ。流石に女性と付き合ったことがないとは言わない。でもこんなふうに仕事を口実にデートに誘ったのも、必死に口説こうとしてるのも正真正銘、陽菜が初めてだ」

本郷の言葉は全て聞こえている。理解もできている。

それなのに今見聞きしたことがとても現実とは思えなくて、陽菜は情けないくらいにぽかんとする。

本郷はなおも微笑を湛えて陽菜を見つめた。

「この際だから言っておくけど、俺はパーティーで知り合う前から陽菜のことを知っていた」

「……どういうことでしょうか？」

目を見開く陽菜に本郷は「何から話そうかな」と穏やかに笑む。

「――俺が初めて陽菜のことを知ったのは、仕事帰りのバスの中だった。確か、水曜日だったかな」

水曜日。その響きにドクン、と陽菜の胸は高鳴る。

その日はたまたま取引先から自宅に帰ることになった本郷は、滅多に利用しないバスで帰ることにして――陽菜を見かけた。

「初めて見た時は正直、『綺麗な人だな』と思っただけだった。でもなぜだか心に残っていて……試しにもう一度、水曜にバスに乗ってみたら、陽菜がいた。その時の陽菜は、妊婦さんに席を譲ろうとしていてね。あれで印象が変わった」

「見ていたんですか？」

目を見開く陽菜に本郷は笑顔で頷く。

「その時の君の譲り方が、最高に面白くて」

「面白い？」

「なんて言ったか覚えていない？」

　正直なところあまり記憶になかった。ぼんやりと覚えているのは、断られてしまって残念に思ったことだけだ。

「恐縮する女性に君はこう言ったんだ」

　――私、体力には自信があるので大丈夫です！

「それも、結構な大声でね。それが見た目の雰囲気とあまりにかけ離れていたから、思わず噴き出した。多分俺の周りの乗客もツボに入ったんだと思う」

　肩を震わせている人が結構いたね、と本郷はにこりと笑う。

　しかし陽菜は、笑えない。いくら慌てていたとはいえ、そんなことを大声で言っていたなんて。

　なんと言えばいいのか分からずただ俯く陽菜に、本郷は柔らかく微笑んだ。

「気になり始めたきっかけはそこかな。実際、その日を境に電車のほうが便利でも、できる限り水曜日だけはバスで帰るようになったからね」

　初めは「あの子はまたいるかな」と気にする程度だった。見かけるのは週に一度。それだって、自分が残業になれば会えない。

「気付けば毎週水曜日が楽しみになっていた。面白いことにも気付いたしね」

「面白いこと……？」

「気になっていた子は、俺がバスに乗るととても嬉しそうに笑うんだ。でもそれはほんの一瞬で、すぐに無表情に戻ってしまう。それなのに背中にはずっとその子の熱い視線を感じていた」

「なっ……！」

やはり陽菜が見ていたことに気付いていた——

「陽菜、俺が君のほうを見ると必ず目を逸らしたよね」

言葉を失う陽菜に向かって、本郷はにっこりと悪戯っぽく笑う。

「見た目は少し近寄りがたいクールビューティー。でも本当は大声で体力自慢をしたり、俺を見て顔を赤くしたりする。そんなの、可愛いって思わないほうが無理な話だ」

「可愛い……？」

「初めて隣に並んでみた時の反応を今でも覚えてる。陽菜は凄く緊張してて、もう可愛くて可愛くて、笑いを堪えるのが大変だったよ」

——すぐに受け入れるには、衝撃が大きすぎる。

毎週水曜日の十数分間。あの時間を特別だと感じているのは自分だけだと思っていた。

でも、違ったのだ。

本郷は初めから陽菜の中身を見てくれていた。陽菜が彼に気付くよりも前に、陽菜の存在を知っていた。

驚き。喜び。この瞬間自分の中に湧き上がった感情の名前を、陽菜は知らない。

分かるのはただ、信じられないほど胸が高鳴っているということだけだ。

しかし本郷の告白はこれだけでは終わらない。

「まあ、そこまでは本当に『可愛くて面白い子』くらいに思っていたんだけど。自分の中で認識が変わったのは偶然、陽菜が友人と飲んでいるのを見かけた時。俺が店に行った時は二人ともまあまあ出来上がっていて『婚活パーティーに行く』って話をしてた。悪いけど盗み聞きしちゃったんだ」

「あの時本郷さん、いたんですか……？」

「気付いてなかった？」

「全然、知らなかったです……」

胡桃と二人で飲んだ時だ。幸か不幸か、話を聞く限り彼を「バス王子」と呼んでいたことは聞かれていなかったようで、少しだけほっとする。

「その話を聞いた時、正直面白くなかったよ。——この子は明らかに俺のことを意識しているのに、婚活パーティーなんかに行くのかってね」

「それはっ……！」

「もちろんこれは俺の勝手な感情だ。あの時点で俺と陽菜は全くの他人だったしね。でもやっぱりむしゃくしゃして……俺も婚活パーティーに誘われているのを思い出したんだ。正直気は進まなかったけど、あてつけ気分で行ってみたら、陽菜。君がいた」

――バス。バー。そして、婚活パーティー。

「絡まれている女性を助けたら、気になっていた人だった。こんな偶然、中々ないだろう？　――本能で『この人を逃がしちゃ駄目だ』と思ったよ」

ドクン、ドクンと心臓が激しく鼓動するのが分かる。

話に聞き入る陽菜を、本郷が優しく見つめた。

「結局、朝には逃げられてしまったけど。でも君の名前も分かったし、職場もおおよその見当がついていたから、ちょっとした伝手（つて）を使ってね。……君が部下だと分かった時には、さすがにできすぎだと思ったけど、同時にこうも考えたよ。『今度こそ逃がさない』ってね。あとは、君の知っているとおりだ」

全てを聞き終えた陽菜は、呆然としてしまってすぐに言葉を出せなかった。

自分が気になり始めるよりずっと前に、本郷は陽菜のことを知っていた。

陽菜がじっと見つめていたことも、全て知られていたのだ。

それを聞いた時はとても恥ずかしい気持ちになったけれど、その後に語られた陽菜への強い気持ちに、それはどこかに行ってしまった。

「陽菜」

対面の本郷が微笑む。薄暗い照明の中で、その笑顔はとても温かく、輝いて見える。

「俺は陽菜のことをもっと知りたい。陽菜は、俺のことをどう思っている？」

本郷がじっと陽菜を見据えた。

「ただの上司？　それとも、一夜限りの相手？」

「そんな！」

陽菜は言葉を遮った。

ただの上司だと思っていたなら、今日一緒に出かけるなんてしなかった。夕食の誘いに乗ったのも全て、相手が本郷だからだ。

「……あなたをそんなふうに思ったことは、ありません」

「じゃあ、教えて？」

「本郷さんは……」

言葉にしようと思ったけれど、それはすぐには形にできなかった。

彼を初めて見た瞬間、目を奪われた。次いで優しさに心惹かれた。

そう、陽菜にとって、もはや本郷はただの憧れの人でも、上司の一人でもない。

「本郷さんは私にとって、特別な人です」

「……特別、ね。まあ、今はそれで充分か」

本郷はどこか愉快そうに口元を緩めながらも、陽菜を見つめる瞳にははっきりとした熱を灯らせている。

「俺にとっても、陽菜は特別だよ。だから君の気持ちが固まるまでは待つつもりだ。でも一つだけ確認させて。今、君の中にいる男は俺だけ。――そう自惚れても構わない？」

――自惚れなんかじゃない。初めて見た時からずっと、陽菜の中にいる男性は本郷だけだ。

陽菜は小さく頷いた。すると、本郷は満足そうに頬を和らげる。

「なら、いいよ。でもそれは『何もしない』って意味じゃない。言ったよね、口説くって」

だから逃げようとは思わないように。

そう言って、彼は笑う。まるであの夜と同じような力強い視線で。陽菜は思わず目を逸らした。

「ひーな。言った側からそれだと、さすがに傷つくんだけど」

「ご、ごめんなさい！　でも逃げないのは無理です。会社ではただの部下として適度な距離を取っていただきたいんです。私も、そうするつもりです」

「どうして。陽菜は、俺が怖い？」

陽菜は無言で首を横に振る。

言おうかどうか、躊躇う。

しかし本郷は真摯に話してくれた。ならば自分も素直に言わなければ。

「……笑わないで下さいね？」

「もちろん」

きゅっと唇を噛んだ後、陽菜は言った。

「今日のお話を聞いて、今までどおり仕事ができる気がしません。その……絶対に、意識してしまうから」

囁（ささや）くような答えに、本郷は一瞬目を見張った後で満足そうに微笑んだ。

「——今日は、帰したくないな」

「え……？」

「今日はこのまま俺の家に一緒に連れて帰りたい」

「無理です！」

陽菜は慌てて首を横に振った。

本郷が若干不服そうに「そんなに嫌がらなくてもいいだろう」と苦笑する。

「そんなの、無理です。今でさえ胸が壊れそうなのに、家になんて……」

ドキドキして胸がどうにかなってしまう。

すると本郷が今度こそ耐えきれないとばかりに噴き出した。

「陽菜のそういうところ、本当に可愛いよね。ギャップが最高」

「からかわないで下さい」

陽菜にとっては、今この瞬間でさえ胸が高鳴って仕方ない。

精いっぱい言い返す陽菜を、本郷はやはり微笑を湛えて見つめている。

先ほどまでの気まずい雰囲気が嘘のようだ。

その後二人は改めて食後のデザートを楽しんだのだった。


それから二人は陽菜の家へ向かった。

帰りの車内はとても静かで、ＢＧＭはない。時折何気ない話をして、笑う。

一時間ほどのドライブはあっという間に終わりを告げ、駐車場に車が到着する。

陽菜はシートベルトを外した。

今日は自宅に帰りたいと言ったのは自分自身なのに、なんとなく寂しい。

「今日はありがとうございました。来週からまたよろしくお願いします」

「こちらこそ。一日付き合ってくれてありがとう。陽菜とのデート、楽しかったよ」

『デートじゃありません』なんて否定することは、もうない。

（……今なら渡せるかもしれない）

陽菜はラッピングしたお菓子の包みをバッグから取り出す。

「本郷さん、今回の企画が通ったのはあなたのおかげです。これ……受け取っていただけますか？」

昔の恋人との再会で苦い記憶が蘇ってしまったので、陽菜はこれを持ち帰ろうと思っていた。

でも、あの人と本郷は違う。

それは陽菜の勝手な思いだけれど、このまま菓子を渡さずなかったことにするのは、彼と本郷を同列にしているような気がして嫌だったのだ。

何よりせっかく上手にできたのだから、彼に食べてほしい。

差し出す両手は、情けないくらいに震えている。

陽菜の手から本郷がすっと包みを受け取った。「開けても？」という問いに頷くと、丁寧な手つきで包装を解いていく。

ふわっと甘い香りが広がった。

「これ、もしかして陽菜の手作り？」

小さく頷く。受け取ってもらえた安堵感で陽菜の肩から力が抜けた。

「クッキーにスコーン、チョコに……マカロンまで。凄いね、このまま店に出せそうだ」

大袈裟にも聞こえる賛辞はくすぐったくも、やはり嬉しい。

「甘いものがお好きのようでしたので。良かったら家に帰ってからでも……あっ」

食べてみて下さい、そう言いかけた陽菜の前で、本郷はチョコレートを一つ口に入れる。

「——うん、凄く美味しい」

「うん、今まで食べたどんなお菓子よりも、ずっと美味しいよ」

「……本当ですか？」

その一言で陽菜の心は熱くなる。

急に黙り込んだのを心配したのか、本郷が「陽菜？」と呼びかけてきた。

「ごめんなさい。その……嬉しくて。迷惑だと思われたらどうしようかと心配してたんです」

陽菜はあえて軽い口調で、宮間に手作りの菓子を渡した時の話をする。

「そんなことがあったのか……。迷惑なんてありえない、本当に嬉しいよ。ありがとう、陽菜」

陽菜は笑顔を返した。そして「おやすみなさい」とペコリと頭を下げてドアノブに手をかける。

「──陽菜」

「はい……んっ」

呼び止められて振り返った陽菜に触れたのは、本郷の唇だった。

不意打ちのキス。

本郷は舌で陽菜の唇に分け入ると、陽菜のそれと絡ませる。

段々深まり角度を変えるキスに、たまらず陽菜は両手で本郷の服を掴んだ。

ちゅ、ちゅと粘膜を重ねる音が耳に届き、陽菜はきゅっと瞼を閉じる。すると耳が、皮膚が、いっそう本郷の熱を感じた。

無意識のうちに漏れる吐息。

（あ、まい……）

キスが深まれば深まるほど、チョコレートの風味が口の中に広がっていく。

本郷は最後に陽菜の唇を柔らかく食んだ後、名残惜しそうに体を離す。

「おやすみ、陽菜」

そして艶っぽく微笑んだのだった。

3

デートの翌日、陽菜は本郷と共に美波の事務所を訪れた。

美波――二十二歳の現役女子大生で、テレビやCM、雑誌にラジオと、あらゆるメディアに引っ張りだこの注目モデルである。

百六十センチの身長は、モデルとしては高いほうではない。しかし、透けるように白く滑らかな肌やぱっちりと大きな黒い瞳、背中まで伸びたふわふわと茶色の髪、伸びやかな四肢で人気を得ている。

ビスクドールのように可愛らしい容姿に加えて美波を人気者にしたのは、彼女の歯に衣着せぬ物言いだ。

愛らしい外見とは裏腹に、美波は実にはっきりした女性だった。

——彼女を口説き落とすことができれば、このプロジェクトは一つの山を越えたことになる。

今回の企画発案者は陽菜であるものの、チームを作って引っぱるには経験が足りない。そこでリーダーは本郷、陽菜はサブリーダーという形になっている。

しかし本郷には別に受け持っている仕事が複数あるので、実際に動くのはやはり、企画者である陽菜だ。

事務所に入り、応接室で待つこと五分。

「初めまして、美波です」

——可愛い！

応接室に入ってきた彼女を見た瞬間の第一印象が、それだった。

キラキラして、後光が差している。天使みたい。

本気でそう思うほど、初めて会う美波は可愛らしかった。

ファンだと言うくらいだ。本郷も浮かれているだろうと、ちらりと隣を見た陽菜は僅かに驚く。

（あれ？　普通……？）

意外なことに、彼は特別表情を変えていなかった。普段と変わらず、落ち着いて挨拶（あいさつ）する。

「初めまして、株式会社花霞商品企画部の本郷です」

「同じく、商品企画部の朝来と申します」

美波は「こんにちは～」と、少し間延びした声で二人の名刺を受け取る。

彼女は陽菜の名刺をじっと見つめた後、にこりと笑った。たったそれだけで空間が華やぐ。

「あなたが朝来さん……」

立ち上がった美波は陽菜のほうへつかつかと歩み寄り、しばしじっと無言で顔を見つめた。

にらまれているのとは違う。じいっと陽菜を食い入るように見る視線はまるで、与えられた玩具（がんぐ）を観察する子供のようだ。

「あの、何か……？」

今日の陽菜の格好は、自分の中で「ここぞ！」という時に着る勝負スーツだ。変なところはないと思うのだけれど……

ビジネススマイルを浮かべながら内心冷や汗を流す陽菜に、美波はにっこりと笑った。

「――気に入ったわ」

そして、堰を切ったように話し始める。

「朝来さん……ううん、陽菜さんって呼ばせてもらうね。陽菜さん、何食べたらそんなに肌がつるつるになるの？　っていうかすっごい美人！　それにその体、結構鍛えてるよね？　ジム、それとも自己流？　うっわー指も長いね、指輪が似合いそう！」

「あの、美波さん？」

怒涛の質問攻めに陽菜は慌てる。

陽菜は小さく深呼吸した後、答えられる限り答えた。

好き嫌いは特になく、三食しっかりとっていること。中学、高校と運動部で、今もジムに通っていること。

けれど容姿に関してはスルーする。天使のように可愛い彼女に美人と言われるなんて恐れ多いし、美容論を語るなんておこがましい。

美波は、一つ一つの答えをにこにこしながら聞いている。

その人懐っこさは本当に可愛らしくて――正直に言えば、胸をくすぐられた。

「いきなりごめんね。私、綺麗な人が好きなの。特に陽菜さんみたいな人は、もの凄くタイプ」

「タイプ、ですか」

勢いに呑まれる陽菜に、美波は「もちろん恋愛対象としてではないよ」とあっけらかんと言ってのける。

「『仕事は楽しく！』がモットーなの。だから、一緒に働く人が好きな人なら嬉しいじゃない。ね？」

（この子、色々と凄いわ）

これが若さというものか。

彼女から溢れるパワーに陽菜は圧倒されてしまう。

次に美波はキラキラした笑顔を全開にして、本郷へ話しかけた。

「課長さんもそう思うでしょ？」

本郷が「そうですね」とあっさりと答える。その姿に陽菜はなんとなく違和感を覚えた。

一見、人好きのする笑みも柔らかな物腰も普段どおりだ。しかしよくよく見るとどことなく頬が強張っているし、態度もぎこちない。

（もしかして、緊張してる？）

いつだって陽菜の前では余裕たっぷりの、あの本郷が。浮かれているように見えなかったのは、単に緊張していただけだったのか。

陽菜は納得した。

気持ちは分かる。

同性の陽菜でさえこんなに惹かれるのだ。男なら誰しも彼女に好意を持つに違いない。ファンだという彼に意識するなと言うほうが無理な話だ。

けれど、少しもやもやする。

「今回の企画、陽菜さんが私を推してくれたっていうのは、本当？」

陽菜はそんな内心を押し隠して「はい」と笑顔で答えた。

「企画書は読んでいただけましたか？」

「もちろん。私がデザインをするとなっていたけれど……本当に？」

「はい。ジュエリーデザイナーが細部を調整させていただきますが、美波さんのデザインをベースに新ブランドを展開していきたいと考えています」

陽菜は本郷に語ったものと同じ話を美波に伝える。

「美波さんにはデザインの他に、広告塔にもなっていただきたいと思っています。いわば、美波さんが新ブランドの顔なのです」

話していくうちに段々熱がこもる。美波はぽかんと陽菜の話を聞いていたが、話が終わると満面の笑みを浮かべた。

「――陽菜さん、本当に仕事が好きなんだね」

陽菜は失礼しましたと慌てて頭を下げる。すると美波は「謝る必要なんてないのに」

とくすりと笑った。そして持参していたファイルをテーブルに広げる。

「とりあえず、リングを中心にデザインをいくつか考えておいたわ。この企画を聞いてからアイデアが溢れて止まらなくて。もちろんこれが全てじゃない。全部ダメでも、頭の中にまだまだあるわ。今日は参考までに持ってきたの。見てもらえるかしら？」

「もちろんです！」

陽菜はすぐにファイルをめくり始めた。

それは一枚や二枚ではなく、様々なリングのデザイン画だった。

興奮が収まらない陽菜は、ちらりと本郷のほうを見る。彼もまた満足そうに陽菜の手元を見つめていた。

「美波さん。――ありがとうございます。これからどうかよろしくお願いします」

美波は微笑み、「こちらこそよろしくね」と手を差し出す。

その後は美波のマネージャーを交えて、今後のスケジュールや大まかな流れを確認した。

「今日は貴重なお時間をいただきありがとうございました」

打ち合わせは三時間以上に及んだ。

おおよその流れが決まった後、陽菜は心の中で密かに誓う。

――この企画はきっと成功する。いや、成功させてみせる。

入社七年目にして掴んだ最大のチャンス。その上、パートナーとなる美波はとても協力的だ。せっかくの機会を無駄にすることがないよう、陽菜は気を引き締めた。

「それでは、本日はこれで失礼します」

「あ、陽菜さん！」

そして本郷と共に応接室を後にしようとした時、美波に呼び止められる。

「一つ確認しておきたいことがあるの。いい？」

美波が陽菜の隣へちらりと視線を向けた。それに気付いた本郷が「外に出ているよ」と美波とマネージャーに一礼して先に事務所を出る。

美波はマネージャーに待っているように伝えると、陽菜の腕をぐいっと引っ張って先ほどまでいた応接室に連れ込んだ。

「ごめんね、課長さんとマネージャーがいると聞きづらくて」

「大丈夫ですよ。何か説明が足りないところがありましたか？」

「ううん、それは平気。そうじゃなくて……陽菜さんと本郷さんって、一緒に働いて長いの？」

今年の四月からだと答えると、美波は僅かに考え込むような仕草をした後、唐突に言った。

「もしかして二人って、恋人同士だったりする？」

「本当に？　二人の関係って、ただの上司と部下で間違いない？」

正確にいえば、ただの上司と部下の関係には当てはまらない気がしたけれど、それを彼女に説明するわけにもいかない。困惑しながら「はい」と答えた陽菜に、美波は更に質問をする。

「それじゃあ……本郷さんに彼女がいるかどうか、陽菜さんは知ってる？」

瞬間、動揺を表に出さないように、陽菜は全神経を顔に集中させた。

美波には見えないところできゅっと拳を握ると、平静を装って「いないと思いますよ」と伝える。今の陽菜は、それが精いっぱいだ。

「そっか……あの人、彼女いないんだ」

――どうしてそんなことを聞くの？

――どうしてほっとした表情をしているの？

そんな思いが頭の中を回る。

「いきなり変なことを聞いてごめんね。ありがとう、陽菜さん」

「……どういたしまして」

もやもやと曇っていく内心を押し隠して、陽菜は今度こそ応接室を後にした。

「陽菜」

事務所の外で待っていた本郷が、陽菜を見て表情を曇らせる。

「確認したいことってなんだったの？　顔色があまり良くないけど」

陽菜は一瞬間を開けた後、「美容とジムについてです。世間話ですよ」と笑顔を作った。

「本当に？」

「はい」

笑顔を崩さない陽菜に納得がいかない様子を見せながらも、本郷は「ならいいけど」と引いてくれた。

それにほっとする一方、陽菜は咄嗟に嘘をついた罪悪感を抱く。

『あなたに恋人がいるか、聞かれたんです』

その一言がどうしても言えなかった。もしかしたら、美波ファンの本郷は喜ぶかもしれないのに。事務所から会社へ戻る電車の中、つぐなうように陽菜はあえて明るく振舞う。

「課長、本物の美波さんとお会いしていかがでした？」

夕方五時を過ぎた時間帯、電車内は学校帰りの学生たちで混んでいる。扉付近に立つ陽菜の目の前の本郷は、その質問に目を瞬かせた。

「何、急に」

「ファンだとおっしゃっていたから。気のせいでなければ、緊張されていましたよね？」

努めて悪戯っぽい笑みを浮かべながら質問する陽菜に、本郷は一瞬の間の後「なるほどね」と唇の端を上げる。

「もしかして陽菜、嫉妬してくれた？」

「ち、違います！」

思わぬ切り返しに慌てると、彼は僅かに距離を詰めた。

「なんだ、残念。陽菜の嫉妬なら大歓迎なのに」

「近いですっ！」

電車内は混み合っているから不自然ではないとはいえ、至近距離で見る本郷は色っぽすぎる。

彼は、美波と並んでもなんら遜色のない芸能人顔負けの男。それに対して自分は恋愛偏差値中学生。とうてい釣り合うはずがない。

それなのに本郷は、混雑しているのを幸いとばかりに陽菜に近寄る。すると自然と陽菜を他の乗客から守る形になった。その時、カーブに差し掛かり車内が揺れる。

「きゃっ！」

「大丈夫？」

バランスを崩した陽菜を本郷が咄嗟にさりげなく支えた。

「は、はい。ありがとうございます」

ふと陽菜は、本郷が満員電車で三輪を助けた、と小宮が言っていたことを思い出した。

窓の外を眺める彼の横顔をそっと見つめる。

初めから陽菜の内面を見てくれた人。陽菜は、彼が優しい人であると知っている。

けれど、その優しさは他の人にも向けられている。それを思うと、胸がちりりと焦げ付くような気がした。

◇

美波との契約成立後、新ブランドの企画は本格的に動き始めた。順調にいけば、年明けに新作発表会だ。

新ブランドの完成までには、あらゆる部署が関わってくる。

陽菜の所属する商品企画部は、過去から現在に至るまでのデータの収集、企画の立ち上げと今後の全体のプランを担当していた。ここで一定の形になったものが、各部署へ渡されるのだ。

例えば広報部は、商品企画部から降りてきた企画を元に、今後その商品をどう周知するかの戦略を練る。その後のＰＲや営業については、各部署がそれぞれ動く。

陽菜の仕事は、その全体の土台を考える設計者のようなものだ。

美波との初顔合わせからしばらく経ち、現在は彼女のデザインを元に試作品を作っている。

そんなプロジェクトが軌道に乗り始めたある日の昼。

「主任っ！　これ読みましたか⁉」

持参したお弁当を食べ終えた陽菜の目の前に、発売されたばかりのファッション雑誌が置かれた。陽菜も時々購入しているその雑誌の表紙は、専属モデルである美波だ。

「今月のはまだ読んでいないけど……どうしたの、そんなに慌てて」

雑誌を持ってきた小宮は、呆気に取られる陽菜の前でページをめくる。開かれたページの特集は、美波の恋愛観を対談形式で語るというものだった。

誌面の美波は、相変わらず可憐（かれん）な笑みを浮かべている。

「やっぱり可愛いわよね。実際にお会いしたけどお人形みたいだったわ」

陽菜が微笑むと、小宮は気色（けしき）ばむ。

「何を呑気に言ってるんですか！　これ、お昼休みに読もうと思って朝コンビニで買ったんですけど、ここ、ここを読んで下さい！」

「小宮さん、落ち着いて。えっと……美波さんの好きなタイプは……」

文章を目で追う陽菜の横で、小宮が叫ぶ。

「『優しくて笑顔が素敵な人が好き。できれば年上で、でも見た目は若く見える人だといいかも。バリバリ仕事をしている男性って素敵ですよね！』――これ、どう見ても本郷課長のことですよね!?」

文は、『具体的な答えで驚きました。そんな方がお近くにいたりして！』と言う対談者に対して、美波の『それは秘密。でも最近素敵な出会いがあったのは確かよ』と意味深な答えが続けられている。

小宮の言うとおり、まるで本郷のことを指しているようだ。

言葉を失う陽菜には気付かず、小宮はテンションの高いまま続ける。

「超売れっ子モデルまで虜(とりこ)にしちゃうとか、さすがは本郷課長。確かにあの二人が並んだら絵になりそうですもんね」

「……そうね」

「打ち合わせしたのも最近ですし、間違いないですよ！　陽菜さん、一緒にいて何か感じませんでした？」

何か。思い当たることはあった。

本郷の恋人の有無を気にしていた美波の言葉が脳裏をよぎる。

（落ち着いて）

動揺を気取られないように陽菜は「特に何もなかったわよ」と笑顔で答えた。そんな陽菜になおも小宮が何かを言いかけるが、それを遮(さえぎ)るように声がする。

「随分と楽しそうだね、二人とも」

「本郷課長！」

振り返った小宮が慌てる。雑誌に夢中で本郷が近くにいることに気付いていなかった陽菜も、その場で固まった。

「小宮さん、部長が探していたから戻ってくれるかな。朝提出した書類のことで聞きたいことがあるみたいだ」

「承知しました、すぐに戻ります。——朝来主任、失礼します！」

小宮は雑誌を手に足早に食堂を出ていく。その背を苦笑しながら見送っていた本郷が、ちらりと陽菜を見下ろした。

「話したいことがある。資材庫で待っていて、陽菜」

そう、彼女にだけ聞こえる声で囁(ささや)き、彼もその場を去る。

「……話って、何かしら」

残された陽菜はちらりと手元の腕時計に視線を落とす。

十二時四十五分——あと十五分で昼休みは終わる。

急いで地下の資材庫へ向かったが、ドアノブに手をかけた時、違和感を覚えた。

灯りがついている。

待っていてと言われたけれど、本郷が先に来ているのだろうか。

室内に入って静かに扉を閉める。同時に陽菜の耳に届いたのは、女性の声だった。

男女。

「どうしてダメなんですか⁉」

陽菜の足はピタリと止まる。

声は資材庫の奥から聞こえた。そちらに足を向けた陽菜の視界に入ったのは二人の男女。

後ろ姿だけでも分かる。一人は本郷、もう一人は、秘書課の三輪だ。

棚の陰に隠れている二人からは、陽菜の姿は見えていないようだった。

「私、本当に本郷課長のことが好きなんです!」

これは、もしかしなくとも告白現場だ。

すぐに立ち去らなければと思うけれど、今動いたら気付かれてしまう。身動きの取れない陽菜の耳に、三輪とは対照的に落ち着いた本郷の声が届く。

「ありがとう。でも、何度も言っているとおり三輪さんと付き合うことはできない」

「だから、どうしてですか? 本郷課長、いつも優しくしてくれましたよね。なら私にも可能性はあるはずです。チャンスを下さい。絶対、好きにさせてみせます」

盗み聞きはいけないと思いつつ、耳が彼女の声をはっきりと拾ってしまう。

三輪の言葉は、自分に自信のある女性そのものだ。しかし、その声は微(かす)かに震えている。陽菜の前で自信たっぷりの笑顔を見せていた彼女は、ここにはいない。

そんな彼女に本郷はどこまでも冷静だった。

「思わせぶりな態度を取っていたなら謝るよ。でも俺は、三輪さんに限らず誰にでも同じように接してきたつもりだ。君だけを特別に扱ったことは、一度もない」

明確な答えに三輪はもちろん、陽菜も息を呑む。

「……私に可能性はありませんか？」

「大切にしたい人がいるんだ。だから、ごめん」

穏やかな口調。しかしはっきりとした言葉に、三輪は「分かりました」と絞り出すような声で言う。そしてパタパタと資材庫を出ていった。

一瞬見えたその横顔には一筋の涙が流れていた。

正直なところ、三輪のことは苦手だったが、彼女の真っ直ぐな思いは眩(まぶ)しく感じる。何よりあの涙が彼女の本気を表しているようで、陽菜は張り付いたように動けなくなった。

俯(うつむ)く視界に、本郷の革靴が映り込む。

「……ごめんなさい。盗み聞きするつもりはなかったんです」

謝ると、ふわり、と温かい手が陽菜の頭に触れた。

「分かってるよ。俺も陽菜が来たと思ったら三輪さんで驚いた」

顔を上げて、苦笑する本郷を見る。

――大切にしたい人がいるから、と本郷は言っていた。

陽菜を見つめる瞳も、名前を呼ぶ声も、先ほどよりもずっと優しく感じてしまう自分は、自惚れているのだろうか。

「悪い子じゃないんだけどね。電車で一度一緒になった時、よろめいたところを支えたことがあって。それから話しかけられるようになってしまって……」

気があるように見えたのなら悪いことをしたな、と本郷は苦笑する。

「……本郷さんは優しいですから」

「そのほうが色々と円滑に進むからね。でも、『誰にでも優しいのは結局のところ誰にも関心がないのと一緒だ』と言われたことがあるよ。それでいいと思ってきたし、今もそうだけど……陽菜にだけは初めからできなかったな」

その言葉に胸がはねた。

誰にでも笑顔を見せる彼を、軽薄そうだと思ったことはある。

彼は、穏やかな笑顔の下に激しい熱を持つ人だ。お酒にも強いし女性の扱い方も上手。それを社内では隠しとおして、いつでも鉄壁の笑顔を保っている。

なのに陽菜の前では違うのだ。二人きりの時の彼は、どこまでも「男」だった。

だからこそ「からかわれているのだ」と思い、初めは混乱していた。

『大切にしたい人』

そう言った唇で、本郷は陽菜を特別だと言う。

その答えを知りたいと思いつつ、怖くもあった。代わりに別のことを聞く。

「――それよりも、何か用でしたか？」

本郷は薄く笑った。

「実はこの後すぐ、京都支社に行くことになったんだ。状況にもよるけど短くて十日……場合によっては、数週間は戻らないと思う」

聞けば、本郷の受け持っている案件の生産ラインでトラブルが起きてしまったらしい。問題が起きたのは今回のプロジェクトとは別件で影響は限定的であるものの、リーダーが長期にわたって不在になる。ネットや電話を使ってのやりとりはできるが、急なことですまない――そう申し訳なさそうに本郷は言った。

「承知しました。大丈夫ですよ。美波さんは協力的ですし、何かあればすぐにご連絡します」

安心させようと陽菜が微笑むと、彼は「ああもう」と髪をかき上げた後、陽菜をきつく抱きしめた。

「きゃっ、本郷さん!?」

「頼むから、今は『放して』なんて言わないで」

本郷からの懇願（こんがん）に、陽菜は行き場を失った両手をそっと、彼の背に回す。すると抱擁（ほうよう）がいっそう強まった。

「連れていけるものなら連れていきたい。俺がいない間、他の男に声をかけられないか心配だ」

「本郷さんじゃあるまいし……大丈夫ですよ」

そんな心配は無用だと苦笑すると、本郷は抱擁を解いて笑う。その顔はなぜか艶然としていた。

「システム開発部の木本、総務部の猪原。営業部新人の橋本。ああ、あとは隠してるつもりのようだけど、うちの新人の佐藤君もそうかな。みんな、陽菜を狙ってる奴らだ」

「まさか、そんなことありません」

「信じられない？　まあ橋本と佐藤に関しては、狙っているというより年上のお姉さんに憧れてるって感じかな。——とにかく顔には出さないだけで社内に君を気にしている男はたくさんいる。陽菜はもっとモテる自覚を持ったほうがいい。俺がいない間、他の男と二人きりにならないように。飲みに行くなんて論外だ。分かったね？」

この上なく綺麗な笑顔にそこはかとない圧を感じ、陽菜は戸惑う。これではまるで、彼らに本郷が嫉妬しているようだ。

（……嫉妬しているのは、私のほうなのに）

意味深な質問をしてきた美波に。本郷に告白した三輪に。陽菜は確かに嫉妬した。

特に、自分の気持ちをストレートに伝えた三輪には憧憬さえ抱いている。

陽菜は一瞬、物思いに耽（ふけ）った。しかし返事がないことを不満に思ったらしい本郷に迫られる。彼は今にも唇が触れ合いそうな距離で笑った。

「ひーな、返事は？」

「……はい」

「良い子だね」と飛び切りの笑顔を見せる本郷に、陽菜は顔を火照（ほて）らせるのだった。

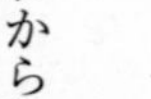

それから数週間後、陽菜は出来上がったばかりの試作品を持って美波の事務所を訪れた。

今回は陽菜一人。本郷はあれからずっと出張先の京都にいる。先日連絡を取った際には、もうしばらくかかるだろうとのことだった。

「待たせてごめんなさい！　撮影が長引いちゃって」

それほど待つことなく美波が駆け込んでくる。

「先ほど伺ったばかりですので、お気になさらないで下さい」

陽菜は立ち上がり、美波とその後ろのマネージャーに一礼した。

「朝、京都から帰ってきたばかりなの。今日は陽菜さん一人なのね？」

「申し訳ありません。本郷は現在出張に出ていて……何か伝えておくことがありますか？」

「ううん、大丈夫よ。それより、試作品ができたって聞いたけど、本当!?」

「はい。早速ご確認いただいてもよろしいですか？」

「もちろん！」

陽菜は、試作品を机の上へ並べた。見る見るうちに美波の表情が変わっていく。自ら(みずか)デザインしたそれらを手にする彼女の瞳は、子供のようにキラキラと輝いていた。

すっと伸びた背筋。誰もが認める完璧な可愛らしさ。媒体を問わず自身の意見をはっきりと口にする真っ直ぐさ。それなのに「陽菜さん！」と呼ぶ時はどこか無邪気であどけなくて。

惹(ひ)かれずにいられないほどに、彼女は可愛い。

陽菜は見惚(みと)れながらも、それぞれのアクセサリーの特徴について説明した。美波は一つ一つの試作品を熱心にチェックして、意見を述べていく。

打ち合わせは有意義なものとなった。

「ありがとうございました。今日伺ったことを早速社に持ち帰り、検討させていただきます」

「ねえ陽菜さん。良かったらこの試作品、貰ってもいい？　自分のデザインが初めて形になったものだから、記念に手元に置いておきたいの」

一つでいいわ、という美波に陽菜は「もちろん」と頷く。そして失礼します、と席を立った。けれど美波に呼び止められる。

「課長さんはいつごろ京都から帰ってくるの？」

陽菜の動きはぴくりと止まる。

――やはり、美波は本郷のことを気にしている。

胸に浮かぶもやもやをそっと閉じ込めて、陽菜は今少し時間がかかることを伝えた。

「本郷に何か伝えることがあれば、承りますが」

再度申し出たが、美波は首を横に振る。

「大丈夫。何か気になることが出てきたら、陽菜さんに連絡するわ。今日はありがとう」

「はい、それでは失礼します」

陽菜はいろいろ複雑な思いを抱えたまま、美波の事務所を後にした。

その週末、指輪の直しが終わったと連絡を貰った陽菜は、モール内の店舗を訪れた。

家族連れやカップルで賑(にぎ)わっている中に一人でいることに違和感を覚える。

一人ファミレスも、一人ラーメンも、得意中の得意なはずなのに、なんとなく物足りない気がしてしまう。

そして、気付いた。

（本郷さんとこんなに長く離れるのは、初めてだわ）

本郷が商品企画部課長に就任して以来、なんだかんだで行動を共にしている。プロジェクトのリーダーとサブリーダーなので当然だが、それ以外の時も陽菜は本郷と一緒にいた。

いつの間にか彼は常に陽菜の側にいる。

さすがに本郷の好意は、陽菜にも伝わっていた。

口説くと言われ、キスをされる。

そこまでされて気付かないほど鈍感ではない。

しかし同じくらい困惑もしているのだ。なぜ、あんなに条件のいい人がわざわざ陽菜を選ぶのか、それが分からない。

「特別」とは言われたが、彼はずっと憧れていた人。

一度は逃げ出してしまったけれど、それでも陽菜の中に依然本郷は存在し続けている。

あの日の別れ際のチョコレート味のキスも、甘い囁きも、時間が経つほどリアルに感じるような気がした。

そんなことを考え、ぼうっとしていた陽菜は店舗の販売員の言葉で我にかえる。

「朝来さん！　サイズのお直し、終わっているわよ」

持ってきてくれたのは、陽菜の二年先輩にあたる店長だ。

指輪を受け取った陽菜は、ちょうどこれから昼休憩だという彼女とバックヤードで少しだけ談笑した。話題は自然と美波のことになる。

「そういえば、モデルの美波さんって本当に綺麗ね。顔が小さくてお人形みたいで。この間、偶然見たけど思わず二度見しちゃったわ」

その気持ちは分かる。陽菜は、会う度にあのキラキラオーラに圧倒されているくらいだ。けれどそれとは別に気になることがあった。

新プロジェクトで美波とコラボレーションすることは、一部の社員には告知済み。しかし、店舗スタッフが彼女と直接会う機会はほとんどないはずだ。

「撮影か何かで見かけたのですか？」

店長の答えは、予想もしないものだった。

「ううん、京都で見かけたの。本郷課長も一緒だったわよ？」

「え……!?」

「今週、京都で店長研修があったのよ。見かけたのは京都支店の近くだったけど、後で聞いたら、本郷課長は昼間一人でその店にも来ていたみたい。凄く熱心にアクセサリーを見ていたらしいわよ」

声を潜めながらも店長はやや興奮気味だ。

「ここだけの話、アクセサリーを注文したそうなの。もちろん、女性物。美波さんに贈ったんじゃないかしら。彼女、変装はしていたけどさすがはモデルね。本郷課長も芸能人並みにカッコいいじゃない？　見かけたのは夜で一瞬だったのに、オーラが違って目についたわ。凄く仲良さそうで、恋人同士みたいだった」

陽菜はその話を中々理解できなかった。

京都に出張している本郷が店舗に行くのは分かる。美波も先日の打ち合わせの際、京都の撮影から戻ってきたばかりだと言っていた。

けれど、陽菜は引っかかっていたことを思い出す。

『課長さんはいつごろ京都から帰ってくるの？』

先日聞いた美波の言葉。

（……おかしいわ）

陽菜は、本郷は出張中だと言っただけで、出張先までは伝えていない。それにもかかわらず美波は京都だと知っていた。つまり、本郷と美波は一緒にいたのだ。

状況を考えれば、ありえない話ではない。予期せぬ偶然というのは往々にして存在するものだ。

でも、それならなぜ、美波は本郷と会ったことを陽菜に言わなかったのだろう。

実は美波のファンだという本郷。やけに本郷のことを気にしていた美波。

ばらばらに散らばっていたピースがぴたりとはまったような気がした。

「この間の雑誌で美波さんが挙げていた好きなタイプも、本郷課長にぴったりあてはまってるし、朝来さん何か知ってる？」

物思いに耽(ふけ)っていた陽菜は、すぐに「残念ながら、何も」と答える。けれどもうこの場にいるのは限界だった。どうにか微笑み、店を後にする。

心臓が妙に速く鼓動していた。嬉しい時や驚いた時とは違う、ひんやりと足元から何かが伝うような感覚。

不意に、本郷と美波の寄り添う姿が目に浮かぶ。

美男美女の二人はどんなカップルよりもお似合いだ——

そこまで考えて陽菜ははっとする。

（考えすぎだわ）

出張先と撮影先が偶然重なっただけ。彼らは仕事上のパートナーでもあるし、本郷は美波のファンだ。会えばそれなりに親しく話すこともあるだろう。

それをわざわざ二人が陽菜に伝えることでもない。

「……頭を冷やさなきゃ」

帰宅した陽菜は、スポーツウェアとドリンクをバッグに詰めて行きつけのジムへ向かう。

こんな時は、無心で体を動かすにつきる。キツイ、もう嫌だ、と思う直前まで体を動かしてめいっぱい汗を流す。その後に訪れる心地良い疲労感に身を任せれば、大抵のことはなんとかなると思えるし、明日も頑張らなければと考えることができる。

けれど本郷に関しては、それが上手くいかないのだと陽菜は思い知らされた。

どんなに走り込んでも、頭の隅をちらつくのはあの二人。

（ああ、もうっ！）

もはや雑念でいっぱいだ。

自分とはまるで正反対の、天使のように可愛くて芯の強い人気モデル。

本郷が彼女と一緒にいたと聞いただけで、こんなにもやもやしてしまう。

――これは、本格的にまずい。

美波とはこれからも顔を合わせる機会があるのだ。このままでは彼女との付き合いも難しくなる。

（一度、頭をリセットしないと）

頭ではそう分かっているのに、ジムから帰宅しても、食事をしても、お風呂に入っても、陽菜の頭の中ではずっと店長の言葉が繰り返されていた。

ただの偶然かもしれない。でも、もしもそうではなかったら。本郷と美波が特別な関係だったとしたら。

――特別。

本郷は陽菜をそう言った。それは陽菜も同じだ。

そんな彼に、自分以外の特別な人間がいるとしたら。

想像するだけで胸の奥がキリリと痛む。

美波が外見だけに優れた女性だったら、そこまで気にならなかったかもしれない。しかし彼女の内面を陽菜はとても好ましく思っていた。

可愛らしい外見も、あけすけな性格も、自分の好きなことに全力で取り組む姿勢も。

「……美波さんに勝てるわけ、ないじゃない」

それは思わず漏れた本音。

美波のことは好きだ。しかし次に会う時、自分は一体どんな顔をしたらいいのだろう。

それは本郷に対しても同じこと。少なくとも、もうしばらくは彼と顔を合わせることはない。そのことにほっとする一方、寂しいと思ってしまう。

「頭、痛い」

ベッドの上でぎゅっとクッションを抱きしめる。

その時、充電中のスマホが不意に振動した。こんな夜中に電話をかけてくるなんて、胡桃くらいのものだ。

なんの用だろうと、スマホを取った陽菜は、すぐにはね起きる。

『本郷奏介』

ディスプレイにはそう、名前が表示されていた。

なぜ、このタイミングで。

今は出たくない。自分自身の感情を持て余しているような状態では、話すのが怖かった。どんな話をすればいいのか分からないのだ。

――美波さんと一緒にいたのは本当なの？

――恋人同士に見えたって聞いたわ。

――一体、誰への贈り物を選んでいたの？

そんな言わなくていいような言葉を、口にしてしまいそうだ。

（大丈夫）

このまま放っておけばきっと、本郷は陽菜がもう眠っていると思うはずだ。だからこのまま気付かなかったふりをすればいい。そう、心では思っていたのに、陽菜は震える指先でスマホの画面をスライドしていた。

「……はい、朝来です」

本郷の声が聞きたい、自然に胸から溢れたその気持ちを抑えることができなかったのだ。

『陽菜？』

ああ。その声だけで心が震えてしまう。

『遅くにごめん。今、大丈夫？』

「……大丈夫です。どうかされましたか？」

どうか声が震えていませんように。

そう願いながら、陽菜はなんでもないふうを装う。

『――君の声が、聴きたくて』

本郷は陽菜の望みなんてお構いなしに、容赦なく心に踏み込んでくる。

この瞬間陽菜は、はっきりと自覚した。

（私は、この人が好き）

初めて出会った時から、誤解で置き去りにした後も、それからもずっと、陽菜は本郷が好きでたまらないのだ。

別の女性と一緒にいたかもしれない。

そんな不確定な情報で、こんなに心が揺らいでしまうほど。

陽菜はなぜだか泣きたい気持ちになった。

今は話したくない、そう思っている気持ちは本当。しかしそんな感情を吹き飛ばすほど、陽菜の名前を呼ぶ男の声は優しく、甘い。

『特にこれという用事があるわけじゃないんだ。今、仕事が終わってね。なんだか急に陽菜の声が聞きたくなった』

　私もです。そう、素直に言えたらどんなに良かっただろう。

　でも昼間聞いた話が邪魔をする。

『……何かあった？』

　沈黙は僅か数秒だった。たったそれだけで、本郷は何かを感じ取ったらしい。怪訝な声で聞いてくる。

「何もありませんよ。それよりも、そちらの状況はいかがですか？」

　陽菜は内心の動揺に気付かれないようさり気なく話題を逸らす。電話越しにも相手が納得していない空気が伝わってきたけれど、陽菜はあえて鈍感なふりをした。

『数日中には戻れそうだ。忙しい時に空けてすまなかった。一応、会議には参加していたけど、やっぱり画面越しというのはもどかしいね』

「ふふ、お疲れ様です」

　日頃の二人の会話では、どちらかといえば本郷のほうが饒舌だ。しかし今この時ばかりは陽菜のほうが話した。プロジェクトのこと、会社での出来事、ジムでの話。

　当然美波の話題にもなる。

「試作品をお見せしたら、とても喜んでくれました。改善点も見つかりましたし、そちらも順調です。……そういえば、ご存知ですか？」

そして、陽菜はとうとう核心を衝いた。
「美波さんも京都で撮影があったそうですよ」
次いで「本郷さんも会われましたか？」と聞こうとする。
けれど、陽菜が口を開くよりも先に、彼は興味なさそうに――いや、そう装っている
のに違いない口調で言った。
『偶然だね、知らなかったな』
一瞬、目の前が真っ暗になる。
『……陽菜？　やっぱり何かあったの？』
（たった今、ありました）
既に喉の奥はカラカラに渇いている。
陽菜はぐっとスマホを握りしめると、引きつりそうになる頬に力を入れて「何もあり
ませんよ、変な本郷さん」と答えた。
『――早く帰って陽菜に会いたいよ。忙しいだろうけど体調には気を付けて』
「……はい、おやすみなさい」
『おやすみ、陽菜』
そして、電話は切れた。
しんと静まり返った寝室。スマホを放り出した陽菜は、そのままベッドの上に仰向け

に横たわる。

（ごまかされた……？）

それは、陽菜には知られたくないということだ。

好きだと自覚した直後に起きたその事実は、衝撃が大きすぎたのだった。

4

——本郷が好き。

翌週、久々に本郷が戻ってくる朝。陽菜は会社の自分のデスクでため息をついた。

気持ちを自覚して改めて思うのは、特定の誰かに嫉妬（しっと）するのは初めてだということ。

（この年になって、こんな感情を知るなんて思わなかった）

こんな時どうしたらいいのか、陽菜には分からない。

（……会いたい）

その気持ちとは裏腹に、陽菜はあの電話の後から本郷を露骨（ろこつ）に避けている。

会議の時、画面の中の顔を真っ直ぐ見られない。電話でプロジェクトの進行具合を話している時も、必要以上に冷静な声を作っていた。

もちろん相手は職場の上司で、プロジェクトのリーダーだ。

失礼な態度は取っていない。

しかし彼も感じるところがあったのだろう。初めはしきりと陽菜に構っていたけれど、次第にビジネスライクなものに徹していった。

いざそうされたらされたで悲しくなる。あまりの自分勝手さに陽菜は凹んでもいた。

そして今、陽菜の視線は、ただ一点へ注がれている。

（――本郷さん）

先ほど出社し佐藤と話していた本郷は、陽菜に気付くと目を見開いた後、頬を綻ばせる。

画面越しには何度も会っていた。声だって聞いた。それなのに一か月ぶりに会う彼の姿に、陽菜は一瞬で全神経を奪われる。

「小宮さん、ちょっと給湯室に行ってくるわね」

プロジェクトについて、本郷と打ち合わせなければならないことがたくさんある。その前に一度コーヒーでも飲んで落ち着きたかった。

給湯室は、フロアを出て廊下を少し歩いた先の角部屋にある。扉を開けると運よく誰もいない。

陽菜はエスプレッソマシーンのスイッチを押した。ほのかなコーヒーの香りに小さなため息が零れる。

資料を片手に佐藤と会話する本郷の横顔を思い出す。すっと通った鼻筋、笑うと少しだけえくぼのできる頬。

久しぶりに見た本物の本郷に、陽菜はほんの一瞬、職場であることを忘れて見惚れていた。

たった一か月、されど一か月。ずっと会いたいと思っていた相手を前に、胸の高鳴りを抑えることができない。

エスプレッソマシーンの音が鳴った時、誰かが給湯室に入ってきた。

「コーヒー、俺にも淹れてくれる？」

振り返った先には本郷がいる。彼はドアを後ろ手に閉め——無言で陽菜を抱きしめた。

「本郷さん!?」

「……会いたかった」

咄嗟に名前で呼んでしまった陽菜の背を、本郷がぎゅっと抱きしめる。

会いたかった——その言葉に、私もですと答えて、その背中に手を回そうとしてしまう。けれど、美波の存在が頭をよぎった。

本郷の背中に触れる直前の手を、陽菜はきゅっと握る。そして抱きしめ返す代わりに、そっと厚い胸板を押した。

「陽菜？」

「課長、仕事中ですよ」

苦笑交じりに指摘すると、本郷は不服そうな顔をする。しかしさすがに彼も仕事がたまっているのを自覚しているのか、陽菜の体をすっと離した。

「……分かってるよ、朝来主任」

「これ、良かったらどうぞ」

淹れ立てのコーヒーが入った紙コップにミルクを入れて差し出した。

「戻られたばかりでお疲れでしょう？」

良かった。画面越しでは意識しすぎて視線を逸らすこともあったけれど、今の陽菜はごく自然に接することができているはずだ。

少なくとも陽菜自身はそう思っている。

「ありがとう。でも、今の君にだけは言われたくないかな」

本郷の指は紙コップではなく、陽菜の目元にそっと触れた。そのまま手のひらを陽菜の左頬に添え、親指で瞼をすっと辿る。

「隈ができてる。化粧でごまかしても分かるよ」

「これは、その……」

「仕事はそんなに忙しかった？」

確かに業務は大変だった。しかし基本的に寝つきのいい陽菜は、普段であればぐっすり眠ることで回復する。

でもここ最近は体調こそ崩していないものの、あまりよく眠れていなかった。

「何か悩み事？」

あなたと美波さんのことを考えていて眠れませんでした、とは言えない。

「――それとも美波さんと何かあった、とか」

不意の本郷の言葉に反発する。

「だ、大丈夫です、何もありませんから！」

陽菜は反射的に頬に触れた手から身を引いていた。しかし直後に本郷の表情を見て後悔する。彼は目を丸くしていた。おそらく冗談を言っただけだったのだろう。

――やってしまった。

これでは美波を気にしていると自分から言ってしまったようなものだ。

陽菜の顔から血の気が引く。

本郷は、手を振り払ったことは責めなかった。

「あの、ごめんなさい。私……」

「陽菜、今日の仕事終わりは何か予定ある？」

彼は陽菜の言葉を遮（さえぎ）り聞いてくる。

特に予定のない陽菜は何も考えず、首を横に振った。すると本郷は胸元から取り出した手帳に何かを書き、そのページを破る。そして「はい、俺の部屋の暗証番号」と言って、陽菜へ手渡した。

「仕事が終わったら、俺の家においで。今日は水曜日だ。君も残業しないで定時で会社を出ること。俺は多少遅くなるけれど、なるべく早く終わらせるつもりだから」

彼は陽菜の額に触れるだけのキスをする。

「住所はスマホにメールしておく。もしも分からなかったら気にせず電話していいよ。目立つから多分、分かると思うけど」

そう笑って言った。

「頑張って早く帰るから、俺の家でゆっくり話そう」

「本郷さんの家で……？」

「俺がいない間のことでも、今考えていることでもなんでもいい。陽菜とゆっくり二人きりで過ごしたいんだ。ダメかな？」

はにかむ姿はやはり年上には見えない。何より陽菜はそんな彼の笑顔に弱いのだ。

「……ダメじゃありません」

そう陽菜が答えると、本郷は微笑み、コーヒーを持って給湯室を出ていった。

会いたかった、と抱きしめてくれた。

他の誰も気付かなかった寝不足にすぐに気付いてくれた。

抱きしめられた時の温もり、背中に回された両手の力強さ、胸から伝わってくる心臓の鼓動……

久しぶりに本郷と視線が重なったあの瞬間、それらが一気に陽菜の心に押し寄せた。

『――恋はするものじゃない。落ちるものよ』

頭の中で、親友の声が聞こえる。

帰りのバスに揺られながら、陽菜はきゅっと胸の前で拳(こぶし)を握った。

本郷の家に行くのはこれが初めてだ。

誘いを断るという選択肢は浮かばなかった。

彼がどんな意図で自分を誘ったのか分からない。しかし陽菜と一緒にいたいと思ってくれたことが素直に嬉しくて、断りたくないと思った。

けれど同時に彼についてほとんど知らないことに気付く。

本郷奏介、三十二歳。

元はやり手の営業マン。その後、企画業務に移り、次々とヒット商品を飛ばす。その実績により、我が社の商品企画部に招かれたエリート中のエリート。好きなものはお酒と甘いもの。……好きな芸能人は、美波。

（それくらいしか、知らない）

仕事中の本郷はいつも温和だ。

声を荒らげて部下を叱責（しっせき）する姿なんて一度も見たことはない。時々誰かを叱っても、その後必ずさり気ないフォローがあった。

優しくて穏やかで、「草食系」な本郷課長。

それが彼の一面でしかないことだけは、知っている。

甘い言葉、指先の動き一つで陽菜を翻弄（ほんろう）する彼。とても強引なのに、結局のところは優しい。会社の中でそんな彼を知っているのは多分、陽菜だけだ。

だからこそ陽菜は自分が彼の「特別」であると思うことができた。

でも、それ以外は何も知らないのだ。

「好き、だなあ」

ポロリと零（こぼ）れ落ちた言葉は小さく、混み合う車内に消える。

――好き。

一か月ぶりに本郷を見て、話して、触れて、その気持ちはいっそう膨（ふく）れ上がって、胸を締めつける。

陽菜を口説くと言った本郷。

でも彼が陽菜に「好きだ」と言ったことは、一度もない。

そしてそれは陽菜も同じだった。

あなたのことが好きだと、告白してしまいたい気持ちに駆られる。

離れていた間避けてしまったのは、美波とのことが気になって、嫉妬したから。そう素直に言えば、すっきりするかもしれない。

(でも、面倒だって思われないかしら)

珍しく座ることができた陽菜は、ぐるぐる巡る思考を止め、窓の外に視線を向ける。

バス停で待っているのは、片腕に赤ちゃん、片手にベビーカーを持った女性だ。

陽菜はその若い母親の顔を見て、はっとする。気付けばバスが止まると同時に体が動いていた。

「失礼します」

周りに声をかけて乗車口まで向かうと、彼女に向かって言った。

「ベビーカー、お持ちしますね」

母親は一瞬驚いた表情をしながらも、すぐに「ありがとうございます」と微笑む。

陽菜は笑顔を返すと畳んだベビーカーをひょいっと抱え上げ、自分の座っていた席に母親を促した。

「本当にありがとうございます」

「お気になさらず」

そして、バス停で待つ彼女に気付いてからずっと言いたかったことを口にした。

「お子さん、生まれたんですね。おめでとうございます」

陽菜は呆気に取られたような母親に小さく一礼すると、車内後方へ移動する。席を譲った相手が近くにいては落ち着かないだろう。

離れた場所からそっと彼女を見て、あやすように子供と額を突き合わせる姿に頬を緩ませる。

そういえば、水曜日のこの時間にバスに乗るのは久しぶりだ。

彼女に席を譲ろうとして失敗した日のことを思い出す。

まさか本郷に見られているとは思わなかったあの時から、まだ一年も経っていない。

けれど、随分と昔のように感じられる。

多分、本郷が陽菜の初恋だ。

だから、どこまで踏み込んでいいのか今まで分からなかった。

二十八歳にもなって恥ずかしいけれど、どうすれば正解で不正解なのか、全く分からないのだ。

もうすぐ、バスが本郷の家の近くのバス停に着く。

陽菜は自然と拳を握っていた。全てはここから始まったのだ。

「あの！」

バスを降りようとした時、先ほどの母親に呼び止められた。

「以前も席を譲ろうとしてくれましたよね？　あの時も今日も、ありがとうございました」

彼女がペコリ、と頭を下げると同時に扉が閉まる。遠ざかっていくバスを見送った陽菜は、胸の中がじんわりと温かくなるのを感じた。

その気持ちに勇気付けられ、地図アプリを起動させる。

調べたところ、本郷の自宅はバス停から歩いて五分ほどの場所にあるらしい。地価が高いことでも有名なこの周辺には、たくさんの高級マンションが建っていた。

陽菜が向かっている先には、その中でも周囲と明らかにレベルの違う「超」高級マンションがある。

（さすがにここではないわよね？）

陽菜は今一度手元のスマホに視線を落とした。しかしアプリの矢印が差しているのは、目の前にそびえるこの建物だ。

確かにこれ以上「目立つ」建物はないだろう。

一般ＯＬの陽菜では逆立ちしたって住めないだろうが、本郷には高級ホテルの最上階に部屋を取っていたという過去がある。

陽菜はそのマンションに足を向けた。

「え……？」

けれど、視線の先、目的の建物のエントランスから一人の女性が出てくるのを捉え、思わず歩を止める。入り口に横付けされていた車に乗り込んだ女性は――

（美波さん？）

相手はもう何か月も共に仕事をしている相手、見間違うはずがない。

大ぶりのサングラスをかけた美波を乗せた車を呆然と見送る。

体の芯がひんやりと冷たくなっていくようだ。

今は何も考えたくないと心が悲鳴を上げる。

陽菜は震える足取りでマンションへ向かった。

（……偶然かもしれないわ）

今夜陽菜を自宅に招いたのは本郷自身だ。他の女性と鉢合わせる可能性があるのに、そんなことをする人ではないはず。

何度も頭の中でその言葉を繰り返しながら、陽菜はエントランスのキーロックを外す。

やはり本郷の自宅というのは、その超高級マンションだった。部屋番号をもう一度確認してエレベーターに乗り込む。

本郷の部屋は高層階にあった。

「お邪魔します」

あの日と同じような綺麗な夜景が陽菜を迎える。しかし今の陽菜にそれを楽しむ余裕はない。

色々なことを考えすぎて頭が痛いし、耳鳴りまでする。

（……そうだわ、着いたことを連絡しないと）

ソファに座った陽菜はスマホからバッグを取り出す。同時に室内に着信音が響いた。

それは陽菜のスマホではなく、リビングに設置された固定電話からだ。

勝手に出るわけにもいかず、陽菜は着信音が止むのを待つ。次いで留守番電話に切り替わった。

『――もしもし、私。美波だけど』

座ったまま凍り付く陽菜の耳に、涼やかな声はなおも届いた。

『相変わらずワーカホリックだね。……今日こそ会えるかと思って待ってたのに。明日も仕事が早いから帰ります。京都で頼んだリングの話もしたいし、いい加減電話してよね。あっ、忘れるところだった！　リングと言えば、私のものが部屋に落ちてないか確認してほしくて連絡したの。あるとしたら、多分ソファのあたりだと思うけど……陽菜さんにもらった大切なものだから、見つけたらすぐに教えてね。それと、陽菜さんには、そろそろ私たちの関係を話してもいいんじゃない？　それじゃあ、よーく探しておいてよね！　おやすみなさーい』

慌ただしく電話は切れる。

「どういう、こと」

陽菜に対するものよりもずっと気安い美波の声。砕けた口調ながらも本郷を気遣う様子はまるで、恋人のようで――

「『私たちの関係』……？」

今聞いたものが一体なんだったのか、何を意味しているのか。

陽菜の心は、現実を受けとめることを拒否していた。

それなのに頭の片隅にいる冷静な自分が、京都で二人が一緒にいたという店長の言葉を思い出させる。

割れるように頭が痛い。

その時、陽菜の足に何かが当たった。何気なくそれを拾った陽菜は息を呑む。

「これ……」

そんな、まさか。

それは陽菜が美波に渡した、試作品のリングだ。

「っ……」

陽菜は拾ったそれを元の場所に戻すと、そのままバッグを掴み取り、足早に本郷の部屋を飛び出す。エレベーターから降りて、コンシェルジュが呼び止めるのにも構わずマンションを後にした。

自分の部屋に戻り、玄関のドアを閉めるとその場に座り込む。

限界だった。耐えられなかった。

心の中にずっとため込んでいたものが、一気に決壊する。

目頭が熱い。

泣きたくないと思うのに、涙がつうっと頬を伝う。

その時、投げ出したバッグから零(こぼ)れたスマホが振動した。表示された名前は、本郷奏介。

陽菜は震える手でスマホを握る。

『急用を思い出したので今日は帰りました』

そう手早く入力して送信すると、電源を落とした。

彼の部屋のソファに落ちていたアクセサリー。

陽菜が美波に渡した試作品のリングが、あの部屋に美波がいた何よりの証拠だった。

◇

「……朝なんて来なければいいのに」

翌朝、起きた陽菜の瞼は腫れていた。

社会人になってから、そんなふうに思うのは初めてだ。

仕事でミスして凹んだ日や本郷が上司だと分かった翌日など、会社に行くのが気まずかったことはたくさんある。

でも、起きることすら億劫だったことは、一度もない。

それでも日は昇っている。

ろくに眠っていないが、とりあえずスマホの電源を入れると、本郷から何件もの着信が入っていた。折り返すことができないまま、出社時刻ギリギリに家を出る。

陽菜は会社に着くと、本郷の姿を確認することなく自分のデスクへ向かった。

昨日の自分の行動が褒められたものではないことは分かっている。本郷にはきちんと謝罪する必要があった。

ならば昼休みか、それとも業務終了後か――

（……いけない、切り替えなきゃ）

今日一日の流れを確認して、頭の中で段取りを整える。メールチェックを済ませ、朝のうちに返信が必要なメールを書き終えた。

そして午前中の事務仕事の切りがつくと、それを待っていたように、小宮が話しかけてくる。

「主任、大丈夫ですか？」

「企画のことなら順調よ」

「いえ、そういうことではなくて――」

いつもどおり冷静に答えたつもりだが、小宮の心配そうな顔は変わらない。その時、背後から呼ばれる。

「朝来さん」

その声に陽菜の肩は一瞬震える。しかしくっと奥歯を噛みしめて振り返った。

「はい。なんでしょう、本郷課長」

微笑を湛えたまま、陽菜は本郷の口元あたりを見つめた。目を合わせることはできない。

「顔色が悪いね。医務室に行こうか」

連れて行くよ、という本郷の申し出を陽菜は「結構です」と努めて柔らかく、しかしはっきりとした口調で断った。

「どこも悪いところなんてありませんから」

職場では草食系を演じている本郷だ。こう言えば引いてくれるはず。

「……まったく、強情だな」

それは陽菜ですらかろうじて聞こえたほど小さな呟きだった。けれど本郷は確かに舌打ちをした。

驚いた陽菜はぱっと顔を上げる。

「え……きゃっ！」

突然、本郷が陽菜を抱き上げた。

――俗にいう、お姫様抱っこだ。

「きゃあ！」と悲鳴にも近い女性社員の声と、男性社員のざわめきがフロア中に響く。

「本郷課長、大丈夫ですから下ろして――」

「君は少し、黙って」

固まる陽菜の頭を社員の視線から隠すように、本郷が自分の胸元へ引き寄せる。

「医務室に行ってくる。皆はそのまま、業務を続けて」

一切の反論を許さない、という心の声が聞こえてくるような彼の固い口調に、フロア中の人間がぴたりと動きを止めた。

彼はそのまま廊下に出ると、小さな笑い声を降らせる。

「いい子だね、そのままじっとしていて」

一見甘い台詞だ。

しかしその声が冷たいものを孕んでいることに、陽菜は気付く。

すれ違う社員たちの黄色い声に気が遠くなりそうになりながらも、逆らうことはできなかった。

「失礼します……ああ、休憩中かな」

保健師は昼休憩中らしい。誰もいない医務室に入った本郷は、ベッドに陽菜を下ろしてカーテンを閉めた。そこで陽菜はやっと「あの！」と声をかける。

「私、本当にどこも悪くありません」

けれど、仕事に戻ろうと立ち上がった瞬間、視界が反転する。

「俺はじっとしていろと言ったよね。君は、上司の指示が聞けないの？」

「きゃっ……！」

陽菜の上に覆いかぶさった本郷は、両手を陽菜の顔の横に置いて動きを封じた。

「課長、放して下さ――」

片脚を太ももの間に入れられて、陽菜はたまらず声を上げる。すると、本郷は「嫌だね」とにこりと笑った。

「――さてと。早速だけど、昨日のことについて教えてもらおうか。どうして、俺の帰りを待たずに帰った？　この際だから出張中、俺を避けていた理由も話してもらうよ」

「避けてなんか……仕事関係のものはすぐに返信しました」

「会議中、一切目を合わせなかったのは？」

「それはっ！」

――あなたのことが好きだと自覚したから。美波さんに嫉妬してしまったから。

頭の中を駆け巡るいくつもの言葉を陽菜はぐっと呑み込む。

自分を見下ろす視線に耐え切れず、「昨日のことは申し訳ありませんでした」と顔を背けた。

「理由は昨日ご連絡したとおりです。急用を思い出したので失礼しました」

「……へえ」

陽菜を見下ろしたまま本郷はふっと笑う。陽菜が初めて見る酷く乾いた笑みだ。

「その急用って、何？」

「本郷さんには関係ありま――」

最後まで言う前に、本郷によって封じられる。

「んっ……ゃ、本郷さん、何を――」

「素直にならないなら、体に聞くしかないだろう？」

体をよじる陽菜に、本郷は苛立たし気に舌打ちをする。次いで陽菜の唇を覆った。制止する間もなく舌が入り込み、奥へ逃げようとする陽菜の舌を搦めとる。

「やめっ……」

「君が素直になったらすぐにやめてあげるよ。理由を話すんだ、陽菜」

「それはっ！」

──京都で美波さんと一緒にいたことをどうして隠したの。彼女にリングを贈るの？

──昨日、美波さんがあなたの家にいたわ。あなたたちの関係って何？

──ファンだと言っていたけど本当にそれだけ？　あなたはただの仕事相手を部屋に上げるの？

──あなたにとっての私は、一体何……？

（聞けない……）

疑問を口にすることも、三輪のようにストレートに告白することも、陽菜にはできない。怖いのだ。

二十八年間の人生で、一度だって両思いの相手と恋人になったことがない。

極端に恋愛経験が少ない陽菜は、自信がなかった。

本当は本郷を信じたい。

心の中にため続けた疑問を吐き出してすっきりしてしまいたい。

しかし、その一歩を踏み出す勇気がなさすぎる。

仕事ならいくらでも自分の意見を出せるのに。

口を開いたまま、そこから言葉を発することができない陽菜に、本郷が薄く笑う。

「――だんまり、ね」

自嘲めいた笑み。

初めて見せた表情に息を呑むと、本郷は今一度キスを深めた。

思いやりを欠片も感じられない強引で一方的なキス。

彼のキスはいつだって優しかったのに。強引な時もあったけれど、その根底にはいつだって陽菜への気遣いがあった。

温かくて、優しくて、気持ちいい――キスが幸せなものだと教えてくれたのは、本郷だ。

それが今は感じられない。

「やっ……触らないで！」

噛みつくようなキスをする本郷の胸を、陽菜は渾身の力を込めて突き放した。

はあはあと息をつく陽菜と、笑顔を打ち消す本郷。

先に口を開いたのは、陽菜だった。

「こんな日中に……誰かに見られたら、なんて言い訳をするつもりですか⁉」

「言い訳なんて必要ないよ。きっと今頃、部内では俺たちの噂で持ち切りだ。明日には会社中に広がっているかもね」

「何を言って……」

「不都合なことがある？　むしろちょうどいいじゃないか。陽菜が俺のものだと広まれば、君に余計な虫がつく心配もなくなる」

感情のこもらない冷たい口調。軽くあしらわれた陽菜は、思わず叫ぶ。

「勝手なことばかり言わないで！」

「勝手なのは陽菜だろう！　帰ったら誰もいない。メールをしても電話をしても一切返事がない。どれだけ心配したと思ってる⁉」

その大声に驚いた陽菜は、きゅっと身をすくめた。その反応に本郷ははっとした後、「ああクソッ！」とらしくない悪態をつき、片手で自分の髪をくしゃりと掴んだ。そして浅く呼吸して、今一度陽菜を見下ろす。

「あ……」

陽菜は黙って彼の瞳を見つめた。

そこに先ほどまでの怒りの色はない。

代わりに寂しげな、傷ついたような感情が宿っている。

そんな辛そうな顔をされ、陽菜は何も言えなくなった。なんと声をかけたらいいのか分からず、ただ本郷を見つめる。

美波への嫉妬。自信を持てない自分への苛立ち。

色んな感情が湧き上がってきて、目頭が熱い。

薄らと膜が張った視界の中、本郷の体が離れていくのが分かった。

「泣くほど俺が嫌？」

彼のその囁き(ささや)はあまりに小さくて、陽菜は聞き逃(のが)してしまう。

「……ごめん」

彼は短くはっきりと言った。

「大声を出したことは謝る。でも、これだけは分かってほしい。陽菜に何かあったと思ったら、冷静でいられなかったんだ。……今日はここで少し休んで、このまま早退したほうがいい。大丈夫、みんなには上手く言っておくよ」

本郷はまるで自分のキスの軌跡を辿るように、親指で陽菜の唇をなぞり、出ていった。

◇

その日を境に二人の関係は変わった。

翌日陽菜が出勤した時はあちこちから視線を感じたけれど、本郷が言葉どおり上手くやってくれたらしく、何か言われることはない。

「昨日の本郷課長、かっこよかったですね！」

陽菜に直接話しかけてきたのは小宮だけだ。そう。表面上は何も変わらなかった。

本郷は業務で相談したいことがあれば、どんなに忙しくても時間を割いて話を聞いてくれる。困ったことがあれば、さり気なく手を差し伸べてくれる。

けれど、個人的な触れ合いは一切ない。たとえフロアに二人きりになっても、以前のように陽菜に触れることはなかった。

上司と部下の本来あるべき姿に戻っただけ。彼は理想の上司そのものだ。これまでみたいにからかうことはなく、皆と同じように穏やかに接してくる。

それを寂しく感じるなんて、自分勝手だと分かっていた。

けれど、陽菜は余計に頑なになっていく。

それでも視線で彼を追うのをやめられない。

もっとも本郷だって、触れることがなくなった代わりに陽菜を見ている気がした。

出勤した時、日中、業務終了後。ふと視線を感じて見ると、彼が真っ直ぐ陽菜を見据えている。

そこに明らかな熱を感じるのは、陽菜の願望なのだろうか。

何度もあの瞳に心奪われた自分だけに分かる、力強い視線。

それを感じる度に陽菜は言いようのない感情に襲われた。

こんなふうに気まずい関係を望んだわけじゃない。

でもその原因を作ってしまったのは、間違いなく自分だ。

本郷は、話を聞くと言ったのに――

（私、何をしているんだろう）

怖いから。自信がないから。自分の殻に閉じこもってしまった。

本当は「好きだ」と言ってしまいたい。

けれど美波の存在が――そしてそれをごまかされたという事実が心にストップをかけるのだ。


日々は目まぐるしく過ぎていく。寒さが本格的に強まり始めた頃、プロジェクトのクライマックスが見えてきた。

ほとんどの業務は陽菜の手元を離れ、今月末には、ホテルの大広間を貸し切りにして大々的なレセプションパーティーが開かれる。

年明けには美波デザインの新作ジュエリーが店舗に並ぶだろう。

本郷と距離ができてから二か月が経っている。

「――朝来主任？」

その日、陽菜は仕事終わりにジムに寄り、ランニングマシーンを下りたところで呼び留められた。見ると、新人の佐藤だ。

「主任もここのジムに通われてたんですね」

「ええ。佐藤君も？」

「はい。最近同期と入会したんです」

佐藤の後ろから見覚えのある青年がやってくる。確か、営業部新人の橋本だ。

「佐藤、飯でも食いに行くか――って、朝来さん⁉」

「こんばんは、橋本君……だったわよね？　私のこと知ってるの？」

「うちの会社で朝来さんのこと知らない奴なんていないですよ！　え、朝来さんもここのジムに通ってるんですか？　てか、俺のこと知ってるんですか」

もちろんと頷くと、橋本は「やべえ嬉しい！」とガッツポーズをする。その可愛らしい反応に、陽菜はたまらず噴き出した。

（若いなあ）

学生のノリが抜けていない感じが、なんだか懐かしい。

「俺たちこれから飯を食いに行くんですけど、良かったら朝来さんもどうですか？　飯って言っても、ファミレスとかになると思うんですけど」

「な、失礼だよ橋本！」

「なんでだよ、いいだろう？　朝来さんと飯に行ったら来週、営業部の先輩たちに自慢できるし」

本人が目の前にいるというのに随分とあけすけだ。

そんな同期を佐藤が窘める。真面目で純朴を絵に描いたようだと言われる彼らしい。

彼らと一緒に過ごすのも楽しいかもしれない。

「私、ファミレス好きよ。ご一緒させてもらってもいいかしら？」

そう言うと、二人は「もちろんです！」と声をハモらせる。

すぐに三人で近くのファミレスに移動した。

陽菜が頼んだのはオニオングラタンスープと、魚介のパスタ。対する男性陣はがっつりしたメニューを選ぶ。

「——男の子二人がそろうと、凄いのね」

陽菜はテーブルの上に運ばれてきた料理に呆気に取られた。ハンバーグにパスタ、サラダにピザ、ドリア……と見事に炭水化物のオンパレードだ。

そのほとんどは橋本の胃袋へ消えていく。驚くべきは、その食べっぷりだ。

「すみません、朝来主任。自分たちの分はきちんと払いますから」

なぜか佐藤が謝る。ここの支払いは先輩の陽菜がすると決めていた。

「ううん、それはいいの。ただ凄い食べっぷりだなと思って。ジム帰りだからなのは分かるけど、橋本君そんなにお腹が空いていたの？」

「営業やってると体力使うんですよねー。基本、足を使う仕事だから、運動量がそれなりになるし。その後ジムってなると、今の時間は腹が減りすぎてヤバいです」

大量のパスタを食べ終えた橋本はにっと笑った。そして、思い出したように本郷の話を始めた。

「そう言えば、商品企画部の本郷さんって前は立華にいたんですよね？　確か元々は営業畑の人だったとか」

「っ……こほっ」

陽菜は、飲んでいた水でむせる。まさかここで本郷の名前が出てくると予想していなかった。

すかさずお絞りを差し出してくるあたり、佐藤の気遣いは流石だ。陽菜は一呼吸して橋本を真っ直ぐ見た。

「——そう聞いているわ。本郷課長がどうかした？」

「先月の研修は本郷さんが講師だったんです。その時は商品企画についての講話だったけど、営業部の先輩が『本郷課長は元々凄い営業マンだった』って教えてくれたことがあって。研修の後に少しだけ話を聞かせてもらったんですよね。株式会社立華っていったら、タチバナグループの中心じゃないですか。あの若さで営業成績トップとか凄すぎるし、秘訣なんか教えてもらえないかなーと思って」

橋本は目を輝かせる。

「そしたら、本郷さんが、『うちの営業部にも優秀な先輩がたくさんいる。彼らを差し置いて商品企画部の俺が新人にアドバイスはできないよ。でもそうだな……あえて一つだけ言うなら、機会があれば朝来主任をよく見てみるといい。きっと得られるものがあるはずだよ』って言ったんです！」

「……私？」

驚く陽菜に「はい」と橋本は頷く。

「初めは目の保養になるとか、そういう意味かと思ってたんです。でも社内で何度かお見かけしたのと今日ご一緒したことで、そういうことじゃなかったんだって分かった気がします。多分、本郷さんが言いたかったのって、気配りが大切ってことじゃないかなーと思って」

「私、そんなに気が利くほうじゃないわよ？」

苦笑する陽菜に「いいえ、僕も本郷課長の言いたかったこと、分かります」と佐藤が言う。

「給湯室の花の水を毎日替えているのって朝来主任ですよね？　それだけじゃない。さっき、自分たちが席に座るより前に、水とおしぼり持ってきてくれましたよね。それって普通、後輩のすることだと思うんです」

「気付いたからやっているだけよ。でもそう言ってもらえるのは嬉しいわ。……ありがとう」

思いの外褒められた陽菜は柄にもなく照れる。すると橋本が一瞬呆けた顔をする。

「……さっきから思ってましたけど、朝来さんって実際に話すと大分イメージと違いますね」

「そう？」

「正直、こんなに話しやすい人だと思ってませんでした。俺らからすると高嶺（たかね）の華っていうか……怖いのとは違いますけど、新人が気安く話しかけちゃいけない気がしてたから」

　積極的に話しかけてきた気がする彼が、どこかで聞いたようなことを言う。

「ふふ、小宮さんにも似たようなこと言われたことがあるわ。中身がこれでがっかりした？」

「全然！　話しやすいし楽しいです。良かったらまたこうやってメシ行きませんか？」

「ばっか、いい加減にしろって橋本！　本郷課長にばれたらどうするんだよ」

　どうしてか、佐藤が本郷の名前を出して止めた。

「分かってるよ。もちろん二人きりとかじゃなくて、佐藤とか他の奴らも交えて複数でって意味だ。朝来さん、社内交流みたいな感じで。どうですか？」

　私で良ければ、と陽菜は快諾する。

　普段は小宮をはじめとした女性社員と絡むことが多いので、年下の男性社員と食事をする機会は珍しく、中々新鮮な体験だ。お酒も好きだし断る理由は一つもない。

でも気になることが一つだけあった。

「ところで、どうして本郷課長が出てくるの？」

「俺たち本郷課長のこと尊敬してるんで、心証悪くしたくないんです」

佐藤が答えるものの、さっぱり意味が分からない。

「先輩社員を誘ったからって、別に何もないわよ」

そう言うと、橋本ががしがしと頭をかいた。

「あーもう分かってないですね！　前に本郷課長の前で『朝来さんいいですよね』って言っただけで、めっちゃ怖かったんですから。目が笑ってなかったんです。——一時期噂になったけど、お二人って本当に付き合っていないんですよね？」

彼が言っている噂とは多分、医務室に連れていかれた時のことだろう。

陽菜は苦笑交じりに「付き合っていないわよ」と首を横に振る。

「なーんだ、じゃあ本郷課長の片想いか」

橋本が息を吐いて、体の力を抜いた。

「片想いって、まさかっ……！」

かあっと頬を火照らせる陽菜を、後輩二人は呆気に取られたように見る。

「……朝来さんも、そんな顔するんですね」

「……初めて見た」

しみじみと言われてしまい、余計に恥ずかしい。

照れ隠しに「年上をからかわないの」と小声で窘(たしな)めると、佐藤はなぜか視線を逸(そ)らし、橋本は明後日(あさって)の方向に顔を向けたのだった。

「今日はごちそうさまでした！」

「ありがとうございました、朝来主任」

二人と別れた陽菜は、一人で家路につく。

（まさか、自分のいないところで話題に上がっているなんて思わなかった）

『とにかく行動に移さないだけで社内に君を気にしている男はたくさんいる。陽菜はもっとモテる自覚を持ったほうがいい』

あの時の言葉はリップサービスだと思っていた。

しかし橋本の話が事実だとしたら、彼は本心から言ったことになる。

そして彼が陽菜の話題を出したという研修は、ひと月前——つまり二人が気まずくなった後のことだ。

この二か月、陽菜は自分のことを考えるだけで精いっぱいだったのに、本郷はその間もちゃんと陽菜のことを見てくれていた。

本郷と知り合ってから今日までを思い起こす。

もしもあの夜婚活パーティーに参加しなかったら、きっと今の二人の関係はなかっただろう。

そして自分がパーティーに参加した理由。それは、「このままじゃ駄目だ」と思ったからだった。

陽菜は今一度自問自答する。

自分が何をするべきで、どうしたいのか。

美波の存在など関係ない。自分がどうありたいのかが重要なのだ。

今のまま本郷と曖昧(あいまい)な関係を続けていても何も変わらない。たとえ望まない未来が待っているにせよ、はっきりさせなければ。

陽菜はバッグの中からスマホを取り出した。

最後に本郷と電話をしたのは、二か月前。

その前だっていつも連絡は彼からで、陽菜はドキドキしながら着信を受けるだけ。

いつだってきっかけをくれたのは、本郷だった。

(それなのに、私は?)

美波の存在に怖気(おじけ)付いたことを理由に、宙ぶらりんのままだ。

彼女が好きになれないタイプだったならば、ここまで悩まなかっただろうが、美波に好感を持ってしまった陽菜は、自分と比較しては凹(へこ)んだ。

本郷はただの一度だって、陽菜と美波を比較したことはないのに。

彼女と付き合っているのなら、彼の口からはっきりと聞きたい。

(このままで終わるのは、嫌)

陽菜は震える指先でスマホをタップする。

コール音が二回鳴った時、『陽菜？』と声が聞こえた。

ただ名前を呼ばれた。たったそれだけでこんなにも胸が熱くなる。

嬉しくて切なくて、距離を置きたいと言ったのは自分なのに、勝手だと分かりつつも喜びが止まらない。

『まさか陽菜から電話がもらえるとは思わなかった。どうした、何かあった？』

言わなければ。伝えなければ。

「……本郷さん」

『ん？』

空いた左手をきゅっと握る。速まる心臓の音を体中で感じながら、陽菜は言った。

「レセプションパーティーが終わった後、私に時間をいただけませんか？」

本郷が息を呑むのが分かる。

「――お話ししたいことがあるんです」

今度こそ、この気持ちを伝えたい。

陽菜は祈るような気持ちで、本郷と話す約束をした。

5

新ブランドのレセプションパーティーは、華々しく行われることとなった。

会場はとある外資系ホテル。本郷と初めて一夜を共にした、あの場所だ。

会長の挨拶で始まったパーティーは大いに賑わいを見せた。

陽菜は今までもこういったパーティーにホスト、ゲスト双方の立場で参加したことがある。だからこそ今宵のパーティーの豪華さを実感した。

パーティーの参列者には、取引先をはじめとした関係各企業はもちろん、花霞を愛用している芸能人までいる。

その中でも特に目を引くのはやはり、美波だ。

主役である彼女はまさに今夜の華。

淡いピンクのシフォンドレスを纏い見惚れるくらいに可愛らしい。

胸元から裾にかけて花の刺繍が施されたそれは、美波が動く度にふわりと揺れる。

会長に次いで壇上に上がった彼女は、今回の新ブランドに対する想いをスピーチした。

時折声を詰まらせ、涙ぐみながら挨拶をする姿に、企画立案者である陽菜もまた胸に込み上げるものがある。

明るく前向きで貪欲な彼女は、仕事のパートナーとしては最高の相手だった。

ちらりと隣を見ると、本郷は壇上の美波に視線を向けている。それはまるで眩しい存在を見つめているようで、バスで見かけた時の横顔と重なった。

陽菜の心がチクリと痛む。

「美波さん、泣いちゃいましたね」

「頑張ってたからね。思いもひとしおなんだろう」

それは、美波のことはなんでも分かっている、と言っているように陽菜には聞こえた。

胸の小さな痛みを陽菜は素直に受け入れる。

本郷や美波と共に一つのものを作り上げるのは、純粋に楽しかった。そして自分の想いがこうして形になったのだ。

(……それだけで充分じゃない)

今後のステップアップを考えれば、これ以上ないほどの成功だ。

後ろ向きになるのは、もうやめよう。

「本郷課長、そろそろ挨拶回りに行きましょう」

今夜、商品企画部からは部長の他、このプロジェクトのリーダーである本郷、そしてサブリーダーである陽菜が参加している。主賓への挨拶回りが終われば、その後は関係各所へ顔見せだ。

「そうだね。……でも、心配だな」

「心配？」

陽菜よりずっと場慣れしていそうな本郷の意外な言葉に首を傾げる。

「二十八歳の美人若手主任」

本郷は艶っぽく笑う。

「今の君はこの業界でちょっとした時の人だ。——男たちを見てごらん。皆、表面上は興味のないフリをしてるかもしれないが、君のことをちらちらと見ている。前も言ったけど、君はもう少し自分がどう見られているか自覚したほうがいいね。彼らにちょっかい出されないか心配だ」

「そんな、まさか……」

「その服も本当に良く似合ってる。綺麗だよ、陽菜」

今宵の陽菜は、深緑のオフショルダーワンピースを着ている。胸元から肘まで総レースのそれは、それほど大胆な露出はないものの肌が透けて見えるものだ。スカート丈は膝上、全体的にタイトで、長身の陽菜をスタイル良く見せている。

本郷から貰ったあの指輪は、迷った末、結局つける勇気が出なかった。

「っ……！」

「パーティーが終わったら、以前と同じ部屋で待っていて。そこで話を聞くよ。そこでなら人目も気にしないで話せるだろう」

本郷が陽菜にだけ聞こえる声で言う。そしてすぐにいつもの表向きの表情で、「じゃあ、行こうか」と微笑んだのだった。

陽菜が会場を後にした時、本郷は顔なじみだという参加者と談笑していた。しかしそう時を経ずして彼も部屋にやってくるだろう。

一面ガラス張りの窓の前に立った陽菜は、広がる夜景を前にこれからのことを考える。

――本郷と美波は一体どんな関係なのか。

電話の親しそうな様子はただの仕事相手に対するものではなかった。そして京都で美波と会っていたのをごまかしたことも。二人でリングを選んでいたことも。

それらの状況を鑑みれば二人は付き合っているに違いない。

しかし本郷は、恋人がいながら他の女性を口説くような不誠実な人間にはとても思えなかった。

どちらが正しいか分からないのならば、本人に聞けばいいだけだったのに。

そして、本郷に気持ちを伝えればいいのだ。

この二か月間、陽菜は徹底的に本郷を避け続けた。そんな自分が「好きだ」と告げたところでどうにもなるものではない。それでも、彼に伝えたかった。

振られてしまっても、何もせずに終わるのよりはずっといい。

そう間を置かず、施錠が外れる音がする。

振り返ると、ダークグレイのスーツを纏った本郷が部屋に入ってくるところだった。

「待たせてごめん」

最後に美波を見送っていたらつかまってしまって、と彼は続ける。

──また、美波さん。

以前の陽菜だったらあえて考えないようにして、不自然に聞き流したかもしれない。

しかし今は本郷が美波の話をするのが嫌なのだと認めていた。

「──それで、俺は今から君に振られるのかな？」

本郷さん、と呼ぼうとした陽菜の声に被せるように彼は吐き捨てる。

（私が本郷さんを振る？）

一瞬言葉の意味が理解できなくて陽菜は固まる。

すると彼はその沈黙を肯定と捉えたのか、口元を歪めた。

普段から笑みを絶やさない彼が初めて見せる表情だ。

本郷は、一歩一歩ゆっくりと陽菜のほうへ向かってくる。まるで獲物を追い詰める肉食獣のような足取りに、陽菜は我知らず後退っていた。

しかしすぐ後ろは窓だ。陽菜の背が窓につくと、本郷はいっそう笑みを深める。

「傷つくなあ。逃げるほど俺のことが嫌いになった？」

「まっ……！」

待って。嫌いなんてありえない——そう言いかけた陽菜の言葉を封じるように、本郷は「ガン！」と陽菜の顔の横に左手をつく。

ガラス窓が揺れた反動で反射的にビクンと首をすくめると、彼は傷ついたように眉を下げる。だがすぐに笑みを浮かべた。

陽菜の良く知るそれとは違う、自虐的な笑みを。

「さっき俺は『もっと自覚を持つように』と忠告した。それにもかかわらず、一度はセックスしかけた相手と二人きりなんて、いくら相手が俺でも無防備すぎる」

本郷の右手が陽菜の頤をすくい、添えられた親指がつうっと唇をなぞる。

キスをされたわけでも舌を入れられたわけでもないのに、愛撫のようなその動きに背中をぞくりと何かが走った。

「それとも俺なら、二人で同じ部屋にいても何もしないで帰してくれると思ったんだ？」

「本郷、さん」

「冗談じゃない」

陽菜に口を挟む隙を与えず、本郷が吐き捨てる。

「俺がどれだけ君のことを考えているか、教えてあげるよ」

不意に彼の顔が近づいてくる。

――このままではキスされるっ……！

その瞬間、陽菜は渾身（こんしん）の力を込めて本郷の胸を押し返した。傷ついた表情の本郷が視界に映る。

どうしてそんな顔をするの。振るなんてしないのに、だって私は――

「好きです！　私、本郷さんのことが大好きです！」

空気が震えるほどの大声で陽菜は言った。

本当は自分の気持ちを一つ一つ伝えて、避けていたことを謝罪して、心の内を打ち明けようと思っていた。そして美波のことを話してもらい、結着をつけようと。

だが余裕をなくし、いつになく苦しそうな本郷を前に、そんな順序はどこかへ行ってしまった。

「それを伝えたくて、今日はお誘いしました」

陽菜はぎゅっと拳（こぶし）を握る。そして真っ直ぐ本郷を見据えた。

「散々避けておいて、今更迷惑な話だとも思います、でも……」

陽菜は自分の頬に触れる本郷の右手にそっと、両手を添える。

「……あなたが好き。初めて見た時から、ずっと……」

突然の陽菜の告白に、本郷は信じられないという表情で固まる。

やはり迷惑だったのだ。陽菜の喉の奥から何かがせり上がってくるような気がした。

しかしそれをくっと堪え、微笑む。

「……どうしても、そのことだけはお伝えしておきたくて」

「陽菜」

陽菜の唇を一瞬、何かが掠めた。そして目尻、頬、唇に本郷の唇が触れる。

「――今の言葉は、本当?」

先ほどまでの張り詰めた雰囲気が嘘のように、触れる手も耳元に降る声も甘い。

目の前の存在を確かめるように、本郷の指先は陽菜の輪郭をゆっくりとなぞった。

その手つきがくすぐったくて、たまらず陽菜はふふっと笑いを零す。すると本郷が陽菜の体を抱きしめた。

もう二度と離さないと言わんばかりの力強い抱擁だ。

「……嫌われたかと思った」

本郷がごく小さな声で呟く。

それは予想外の言葉だった。

(私が、本郷さんを嫌う?)

むしろそれは陽菜のセリフだ。

振られるのが怖かった。それでも気持ちを伝えずにはいられなかったのだ。

けれど、本郷は陽菜を抱きしめたまま、囁（ささや）くように続ける。

「触るなと言われた時は、さすがに凹（へこ）んだ」

確かにそう言った。しかし自分が嫌われる可能性は考えていても、まさかその逆があるなんて頭に浮かびもしなかった。

だって、陽菜の知る彼はいつだって余裕のある人だったから。ドキドキするのも翻弄（ほんろう）されるのも、いつも陽菜ばかりだった。

「……ごめんなさい。逆です。本当は触ってほしかった」

陽菜は両手を本郷の胸に置いて、その抱擁（ほうよう）を解く。

「でも、そんなこと言えなかった。あなたは何度も話をしようと言ってくれたのに、避けてしまった……」

「どうして俺を避けたのか、今なら話してくれる？」

本郷が静かに問う。陽菜はきゅっと拳（こぶし）を握った後、思い切って口を開いた。

「あなたと美波さんの関係を知るのが、怖かったんです」

「……俺と美波？」

本郷が彼女のことを呼び捨てにした。たったそれだけで、やっぱり胸が締めつけられるように痛い。

それでも陽菜は続けた。

ここで終えてしまえば、今までの繰り返しだ。

美波から本郷の恋人の有無を確認されたこと。京都で二人でいるのを店長が見ていたこと。本当は本郷の家に行ったけれど、そこで美波からの留守番電話を聞いたこと。彼女のアクセサリーが落ちていたこと。

陽菜は、胸に抱えていたことを一つ一つ吐き出していく。その度にきゅっと胸が痛んだ。

「きちんと聞かなければいけなかったのに、あなたに私以外に大切な——特別な人がいると認めるのが、怖かった」

——言ってしまった。

背中に冷たい汗が流れる。本郷の表情はまだ見られない。

「陽菜」

名前を呼ばれ、ビクン、と肩が震える。けれど勇気を出してゆっくりと顔を上げると、なぜか困惑した様子の本郷と目が合った。

「俺にとって、君以上に大切な女性なんていないよ」

「それじゃあ美波さんはっ……！」

叫ぶ陽菜を彼が遮(さえぎ)る。

「『本郷美波』」

本郷が淡々とした調子で言った。

「え……？」

「それが、美波の本名だよ」

どういうことか分からず、陽菜はきょとんとしてしまう。

「正真正銘、あの子は俺の妹」

（──妹!?）

「う、嘘でしょう？」

「本当。ファンだと言ったのは、身内として応援しているから。前にも言ったけど、俺は冗談は言うけど嘘はつかないよ。……といっても京都のことがあるから、説得力はないかもしれないけど」

「初めての打ち合わせの時、緊張していたのは……？」

「仕事で妹に会うのは初めてだったからね。それで緊張しているように見えたのかも」

固まる陽菜を前に、本郷は今一度大きなため息をついた。しかしそれはどこか、楽しんでいるようにも見える。

「隠していたのは、あの子がタチバナの人間だからだ」

「タチバナって……もしかして、タチバナグループのことですか？」

そうだよ、と本郷は頷く。

「本郷は父方の姓で、母方の姓は立華。俺たちの母親の兄――伯父にあたる人が今のタチバナグループの会長だ。ちなみに会長夫妻に子供はいない」

「それって、つまり……」

「俺が後継ぎってことになるね」

本郷と美波が兄妹。そして目の前の人は、タチバナグループの御曹司!?

「それが本当なら、あなたはどうしてうちの会社にいるの……？」

タチバナグループは世界的巨大グループだ。その次期トップが子会社の一社員だなんて考えられない。

「一社会人として働く以上、俺自身を評価してほしいと思ったから。俺がタチバナの人間だと知っているのは一握りの人間だけだ」

後を継ぐのが立華会長の甥――本郷であることは昔から決まっていたそうだ。しかし彼は、就職試験も一般の新卒と同条件で受けたのだという。

「それは美波も同じ。あの子は昔から自立心が旺盛でね。なんせ、モデルもジュエリーデザイナーになる夢も、『実家の力を借りず、自分の力で試してみたい！』と言って、高校卒業と同時に家を飛び出すような子だ。だから芸名もただの『美波』。俺と同じように立華の家と繋がりがあることは、ごく僅かな人間しか知らない。――美波について話していなかったのは、これで全部。他に何か気になることはある？」

そうは言われても、次々と明らかになった真実に圧倒されて、陽菜は二の句が継げない。

今はっきりしているのは、自分が好きな人の妹に嫉妬していたということだけだ。

「……でも、美波が原因だとは思わなかった」

「原因なんて、そんなっ！」

「ああ、分かってる。誤解させた俺が悪かった」

陽菜が謝る隙もなく、本郷が「ごめん」と重ねて言う。

「まさか妹に嫉妬されてるとは考えつかなくて……でも、確かに思い返してみれば、陽菜が誤解するようなことをしていたと思う。美波が思わせぶりなことを言ってたのも、ごめん。代わりに謝るよ。美波には陽菜の話をしたことがあったんだ」

「私の話？」

驚く陽菜に、本郷は頷く。

「『バスで面白い子を見かけた』『その子と会社で再会した』ってね。やけに興味を持ったみたいで……俺はあまり自分のことを話すほうじゃないから、色々勘ぐって陽菜に探りを入れたんだろう。兄妹そろって振り回して、嫌な気持ちにさせて……ごめん」

「……謝らないで下さい」

「陽菜？」

「私のほうこそ勝手に勘違いして……本郷さんのことを傷つけました」

「——否定はしないよ。実際、この二か月は結構きつかった」

陽菜はぎゅっと拳（こぶし）を握る。本郷はそこに自分の手のひらを重ねた。

「でもさっきも言ったとおり、俺に落ち度があったのは確かだ。ごめん。だから、お互いに謝るのはこれで最後にしよう」

次いで彼は悪戯（いたずら）っぽく笑う。

「京都で美波と一緒にいたのをごまかしたのは、これを選んでいるのを知られたくなかったからなんだ」

首を傾（かし）げる陽菜に本郷はくすりと笑い、おもむろに跪（ひざまず）いた。驚く陽菜の左手を彼はそっとすくい上げる。

「陽菜」

そして陽菜の左薬指にシルバーのリングを嵌（は）めた。

「誰よりも君が大切だよ。俺の恋人になってくれますか?」

その声。指に触れるぬくもり。自分を見つめる真っ直ぐな眼差（まなざ）し。

全てが陽菜を魅了する。

「……私でいいんですか?」

「陽菜がいいんだ。受け取ってくれる?」

頬を伝う涙を本郷が優しく親指でぬぐう。それでも次から次へと溢れて止まらないそれを、彼は唇で受け止めた。

陽菜の頭にかつての自分の言葉が浮かぶ。

『初めて薬指につける指輪は、恋人からのプレゼントと決めているんです』

その夢が叶ったこの瞬間を、陽菜はこの先もずっと覚えているだろう。

「本郷さん」

目尻に、頬に、触れる唇の柔らかさを感じながら、陽菜は改めて自分の思いを伝えた。

「――大好きです」

愛（いと）おしくて大切な人。

「ありがとう、陽菜」

陽菜を抱きしめた本郷は「心臓が止まりそうだ」と微（かす）かに震える声で言う。

広い胸に包まれて、ドクン、ドクンと激しく鼓動する彼の心臓の音が伝わってきた。

（本郷さんが、緊張してる）

いつでも陽菜の一歩先を行く彼が、陽菜の言葉でドキドキしている。その事実にきゅうっと胸が締めつけられた。

切なさからではない。たまらなく愛（いと）おしいのだ。

（顔が見たい）

そう思って抱擁を解くと、呼応するように本郷がゆっくりと体を離す。そして視界に映った本郷の表情――恥ずかしそうに頬を赤らめている姿を見た瞬間、陽菜は思わず言っていた。

「……本郷さん、可愛い」

陽菜は慌てて口をつぐむけれど、しまったと思った時には遅かった。彼は目を見開いた後、凄みのある声で「へえ」と言ってニコリと笑う。

「陽菜、随分と余裕だね。俺はどうやって君の気持ちを取り戻そうか、この二か月間、必死に考えていたのに」

「え、あの……そんなふうには見えませんでしたよ？」

「カッコつけていただけだよ」

「へ……？」

「――でも君がそうならもう、気にしない」

「きゃっ！」

不意に腕を引かれたかと思うと、次の瞬間には横抱きにされていた。

突然のお姫様抱っこ。

本郷の足は迷うことなくどこかを目指して進む。

「本郷さん⁉」

彼が勢い良く開けた扉の先は、バスルーム。

彼は陽菜を抱きかかえたまま、彼女の額にちゅっとキスをした。

「ひゃっ！」

くすぐったさに、陽菜は一瞬目を閉じる。

「陽菜はなぜか自分に自信がないよね？　君がどんなに素敵か――俺がどんなに君を愛しているか、これからたっぷり教えてあげる」

陽菜はすぐに目を開き、そのまま固まった。

「あの夜のやり直しをしよう、陽菜」

陽菜は忘れていた。

――どんなに優しく柔らかい顔立ちをしていても、本郷奏介の中身はどこまでも「男」であるということを。

◇

初めて肌を重ねた時、本郷はどこまでも紳士的だった。

まるで宝物に触れるように指先で陽菜の肌をなぞり、砂糖菓子のように甘い囁きの雨を降らせたのだ。

二十八年間の人生で陽菜の異性経験は、たったの一人。それもとても一方的なもので、ただの経験にすぎなかった。そんな陽菜にとって、彼の優しさや甘さは初めてで、ついていくのがやっとだった。

結局最後まではできなかったけれど、最初から最後まで彼に包まれていたのだ。

——それなのに。

陽菜をバスルームに連れ込んだ本郷は、あっという間に陽菜のドレスを脱がしてしまった。

裸になった陽菜にはどこにも逃げ場がない。

「本郷さ、これ、いやぁっ……」

「奏介」

名字で呼んだらお仕置きだよ、と首筋に吸い付くようなキスをされる。

「名前で呼んでほしいな。意地っ張りな陽菜も好きだけど、今は素直になる時だよ」

「っ……！」

きゅっと指先で乳首をつままれる。

(こんなの知らない……！)

背中を駆け抜けた甘い痺(しび)れに、陽菜の体はピクンと跳ねた。

目の前には余裕たっぷりの顔で見下ろす本郷。

両手で体を隠す陽菜を、同じく裸になった本郷が後ろから抱きしめる。

「可愛いのは君だってことを、嫌というほど分からせてあげる」

そう、膝が震えるほどの色っぽい声で言い、彼はシャワーのコックをひねった。

体を冷やさないようにと、シャワーを陽菜の素肌に当てる。

自分でできますから、と言っても彼はにこりと微笑むだけだ。

「今から俺のことは名前で呼ぶように。——大丈夫、俺が綺麗にしてあげるから」

本郷は手のひらにボディーソープを取って両手で泡立たせ、陽菜の胸に触れる。

「陽菜、体が震えているけど」

体を洗っているだけだよ、とわざとらしく耳元で囁く。

艶っぽい声。耳朶に触れるかすかな吐息。

体をよじってなんとか離れようとしているのに、彼の腕に腰を抱きとめられているためできない。

「ほんごっ……そ、奏介さん！」

「ん？」

「触りすぎですっ、自分で洗えますからっ……！」

たまらず顔を背後の本郷へ向けようとすると、すかさずキスをされた。

唇を閉じる間もなく舌先が入り込んでくる。

くちゅ、と乱れた音はシャワーの水温にかき消された。

ちゅ、ちゅと彼の舌が陽菜の口内を自由に動き回る。その間も右手は陽菜の肌に触れていた。

まろやかな胸の頂をつまんで、すくい上げる。

(ダメ、おかしくなりそう)

泡を纏った本郷の手のひらは、濡れた陽菜の素肌をゆっくりと下へ辿っていった。

「陽菜の肌、俺の手のひらに吸い付いてくる」

唇を離した本郷は、うっとりとした声で囁く。その声の艶っぽさに、たまらず陽菜は息を呑んだ。

やがて彼の指先が腹部を過ぎ、太ももの間に滑り込む。

脱力しかけていた陽菜は、慌てて両手でそれを止めようとした。

「そこは……んっ——！」

しかしそれより早く、本郷の指先が太ももの間にするりと入った。

彼は陽菜の濡れた下生えを焦らすように何度も撫でる。その間、左手は胸のふくらみをやんわりともみ続けた。

ダイレクトな刺激に陽菜はきゅっと瞼を閉じる。

「……凄いね。俺が触る前からこんなに濡れてる」

「それはっ！　……お湯です」

消え入りそうな声で陽菜は答えた。

「本当に？」

本郷がくすりと笑う。そして次の瞬間、指先で掠めるように秘部の中心に触れた。

「中から溢れてくるよ」

「——っ」

「陽菜、目を開けて」

陽菜は子供のようにいやいやと首を横に振る。

恥ずかしさと、それを圧倒的に上回る快感にくらくらした。

本郷が秘部を何度も撫でる。触れるか触れないかの焦らすようなフェザータッチに陽菜の腰は自然と動いた。

それを見た彼が「可愛い」とくすりと笑う。

「陽菜。いい子だから目を開けるんだ」

本郷は優しく、しかし先ほどより語気を強める。それと同時にそれまで触れるだけだった指先がきゅっと陰核をつまんだ。

「あっ……！」

陽菜は反射的に瞼を開け、鏡越しに微笑む本郷と目が合った。

「何が見える？」

鏡に映るのはこれ以上ないほど色っぽい本郷と、物欲しそうな自分の姿だ。

鏡の中の陽菜はしどけなく本郷に身を任せている。

はあはあと吐息を漏らす口元は小さく開き、頬は薄らと上気していた。そして本郷の指先が動く度に、きゅっと唇を噛みながらも腰を動かしている。

「やっ、恥ずかしいからっ……！」

今一度瞼を閉じようとする陽菜を叱るように、それまで撫でるだけだった指先がつぷん、と侵入した。

「見るんだ、陽菜」

本郷が命じる。

「君は可愛いよ。綺麗で可愛くて……こんなにもいやらしい」

「や、あ……」

「ほら。その証拠に、俺の指をどんどんくわえ込んでいく。これならすぐに入りそうだ」

「入る……？」

その言葉に気付く。陽菜の腰には本郷のこれ以上ない昂りが当たっていた。一瞬身を強張らせた陽菜に、彼は「大丈夫」と艶っぽく笑う。

「すぐには挿れない。たっぷり濡らして、可愛がってあげる。だから、陽菜」

本郷の長く整った指先が一本、根本まで埋め込まれた。

「俺に、任せて？」

「あっ……！」

一瞬、目の前が弾けたような気がした。既に本郷の甘やかな愛撫によって濡れていたそこは、彼の指を難なくくわえ込む。途端に体の中心を痺れが走り、そこがきゅっと締まった。

「凄いね。俺の指を締めつけてくる」

「言わ、ないで……」

「さっきも言っただろう？　目を開けて、ちゃんと見るんだ。今君に触れているのが誰なのか、しっかり感じて」

口調は優しくても、今夜の本郷はとても意地悪だ。

こんなふうに乱れた自分の姿を見せつけて、少しでも目を閉じようとすると指先と言葉で「ダメだよ」と甘く窘める。

それを陽菜は少しも嫌だと思わなかった。

恥ずかしいのも、戸惑っているのも本当。

しかし鏡に映る、「男」そのものの本郷に引きつけられていく。

彼をそうさせているのは自分。そう思うと、どうしようもなく愛おしくなる。

「あっ、そこっ……！」

焦らすように内側に触れていた指先が、ある箇所に当たる。

途端に感じた強い刺激に、大きく腰が動いてしまった。

その反動で陽菜は本郷の指をいっそう深くくわえ込む。陽菜を抱きかかえる本郷が小さく笑うのが分かった。彼は指をもう一本増やすと、容赦なくそこを攻め立て始める。

「んっ……ゃ、ぁっ……」

「我慢しないで、声を聞かせて」

低く心地よい声が耳朶を震わせる。

本郷が左手で胸の頂をやわやわとつまみながら、右手で陽菜の膣内を激しく、しかし優しくこすり上げた。

「だめっ……！」

「陽菜」

彼が耳筋にちゅっとキスをしたその時、陽菜の視界が弾けた。

「――――っ……！」

体中の力が抜けた陽菜は、ぐったりと本郷に身を任せる。その間もピクン、ピクンと体は揺れ、彼の指を締めつけていた。

「……上手にイけたね」

本郷はしきりに「可愛い」と言いながら、陽菜を優しく抱きとめ、体の泡を優しく流していく。

肩から胸、そして脚。

そして彼は左手でくいっと陽菜の太ももを開かせた。

イったばかりの陽菜は体に力が入らず、それを止められない。

「……だめ……」

弱々しい制止の声を無視して、本郷がシャワーヘッドを秘部へ当てる。

水をダイレクトに浴びた陽菜は、腰を震わせながらいやいやと首を横に振った。

「どうして？　綺麗に洗い流さないと」

もう指の挿入はない。温かなお湯が当たっているだけなのに、意識を飛ばしてしまいそうな快感が陽菜を襲う。

気持ちいい。それなのに、もどかしくてたまらない。

「これ、ゃ、あっ……！」

「本当に？　体は気持ち良さそうに動いているよ。それに陽菜も一度くらい、こうしたことがあるだろう？」

シャワーで自慰をしたことがあると、遠回しに断定された。陽菜は、たまらずシャワーヘッドを持つ本郷の手を握りしめる。

「……せん……」

「陽菜？」

「そんなの、ありませんっ……！」

今夜の本郷は本当に意地悪だ。

陽菜はそんな行為をしたことがない。

そして、彼は分かっているのだ。

今本当に陽菜が欲しいものが何か、分かっているくせに……！

「……これじゃ、嫌です」

陽菜は思わず懇願(こんがん)していた。

「触らないでと言ったことも、可愛いと言ったことも謝ります、だから……」

目を見張る本郷の手をきゅっと握りしめて言う。

「もう、意地悪しないで……」

あなたを、ちょうだい。

「っ……！」

すると本郷がシャワーを止め、陽菜を抱き上げた。

普段の彼からは想像もつかないほど荒々しくバスローブを着せると、今一度横抱きにしてバスルームを後にする。

慌ただしく扉を開いたその先は、かつて一夜を共にしたベッドルーム。

本郷が陽菜をキングサイズのベッドに下ろす。ふわり、と柔らかな感触が陽菜を包み込んだ。

「陽菜」

陽菜の上に覆いかぶさった彼が低い声で囁く。

「あまり俺を煽らないで。手加減できなくなる」

次の瞬間陽菜を待っていたのは、嵐のような口づけだった。

◇

人を好きになるとこんなにも胸が痛くなることを、陽菜は本郷と出会って初めて知った。

最初は同じバスに乗っているだけでドキドキした。顔を見られるだけで嬉しくなって、初めて隣に並んだ時は、頭の中が沸騰するかと思った。

初めてキスをして、手を繋いで、抱きしめ合って。

彼という存在は、陽菜に心地良い緊張と温かさを与えてくれた。

そして今この瞬間、陽菜は出会って一番の胸の高鳴りを感じている。

頭の中に心臓が激しく鼓動する音が絶えず聞こえた。ドクン、ドクンと波打つそれは、今にも体の外へ飛び出してしまいそうなほど速くて、激しい。

これまでと比べ物にならないほどの圧倒的な緊張感と羞恥心で、体が小刻みに震えている。しかしそれ以上に陽菜の体と心は、求めていた。

本郷が欲しい。

この人のものになりたい。

この人を自分のものにしたい。

そう、本能が告げている。

「ん、ふっ……」

陽菜をベッドに横たえた本郷が、有無を言わさず陽菜の唇を塞ぐ。

もう触れ合うだけのキスでは足りないとばかりに、彼は性急に陽菜を求めた。

呼吸する間がないほど陽菜の口内を激しく蹂躙する。舌同士を絡ませてちゅっと吸い、形を確かめるように歯列をなぞった。

陽菜はついていくのが精いっぱいになりつつも、自分に覆いかぶさる彼の首に両手を回して必死に応える。

僅かに濡れた本郷の髪から雫が落ちて、陽菜の肌にぽたりと落ちた。その冷たさにピクンと体を震わせると、それさえも口づけのエッセンスとばかりに本郷が舌を深め押し込んでくる。

　頭がくらくらした。

　甘くて激しいキスの心地良さに、とろけそうだ。

　不意に本郷が陽菜の唇を離した。陽菜はそれを無意識のうちに引き留める。

　寂しくて、自ら彼の唇にそっと触れた。

「――っだから、煽るな……！」

　らしくない荒々しい口調は、本郷に余裕がない証拠だ。

　直後噛みつくようなキスをされる。激しくも愛情を感じるキスに、陽菜はいっそう溺れていった。

　やがて彼の唇がゆっくりと陽菜の体を下っていく。

　首筋、胸の頂、そして――

「待って……」

　陽菜は思わず自身の下半身を手で隠す。

「手をどかして」

　甘い命令に陽菜はふるふると首を横に振る。

「陽菜のここを、俺に見せて？」

　本郷が柔らかく陽菜の手を撫でる。

さっきの息つく間もないほど激しいキスとは一変した、母性本能を擽る お願い。

誰よりも「男」の本郷と、会社で見せる穏やかな彼と。

——翻弄される。

陽菜は気付けばこくんと頷いていた。

恥ずかしいのは本当。しかし正直に言えば、この先を期待している。

本郷が陽菜の太ももを大きく開かせた。すーすーとした感覚に陽菜はきゅっと唇を噛む。

長く形の良い指先が陽菜の控えめな下生えをやんわりと撫で、その奥にある中心にそっと触れた。

「——っ……！」

ぷっくりと膨らんだ陰茎を親指でコリコリと刺激され、意識が飛んでしまいそうなほど強い快感が突き抜ける。無意識に腰を引こうとする陽菜の太ももをがっちりと押さえ——そして、本郷は顔をうずめた。

「んっ……！」

彼の舌が既にしっとりと濡れたそこを舐め始める。

割れ目を辿る感触に陽菜は反射的に太ももを閉じようとしたけれど、彼に押さえられていて、叶わない。

「お願い、見ないで……」

「どうして？　陽菜のここ、俺によく見せて？」

「だって、恥ずかしい……せめて、明かりを――」

「ダメだよ。大丈夫、何も恥ずかしくない。綺麗なピンク色だ」

「っ……！」

羞恥（しゅうち）に震える陽菜を本郷がくすりと笑う。吐息が陽菜の中心にかかって、自然と腰が浮いた。

自分でもあまり触れたことのない場所を、彼に見られている。

その羞恥（しゅうち）が甘い刺激となって、いっそう陽菜を敏感にさせた。

本郷の舌が割れ目を割って中へ入っていく。

「やっ……！」

内側をうごめく感覚。

指とは違う生温かな感触に、陽菜の喉はたまらず鳴った。

ぴちゃぴちゃと淫靡（いんび）な音が寝室に響く。

下半身から伝わる刺激で頭がくらくらした。

やめてほしいのか、ほしくないのか、もはやそれさえも分からなくなっている。

ただ気持ち良くて、もどかしくて、じれったい。

「奏介さん……」

陽菜は本郷の名前を呼んだ。

すると顔を上げた彼は体を起こし、更に陽菜の脚をぐっと大きく開く。

「陽菜が欲しい。いい？」

「あ……」

視線を下ろした陽菜は、本郷のそれを見た瞬間たまらず身を起こした。

「む、無理ですっ……！」

視界に映るそれは、想像以上に凶悪だ。

「そんな大きいの、入らないっ……！」

与えられるばかりの快感で気付かなかったけれど、とても自分が受け入れられるとは思えないサイズだ。

悲鳴にも近い陽菜の言葉に、本郷は一瞬呆気に取られたように目を瞬(またた)かせる。しかしすぐに、薄(うっす)らと微笑んだ。

その笑みはさながら獲物を前にした獣のようで、陽菜はひゅっと息を呑む。

「大丈夫だよ。――だって、ほら。陽菜のここはもうびしょびしょだ」

「あっ……！」

不意打ちでつぷり、と二本の指が入り込む。

バラバラにうごめくそれに身をのけぞらせる陽菜の唇を、本郷が覆った。

舌を絡ませて、指でいじられて。

強張った陽菜の体から緊張が抜ける。次に訪れたのは息つく間もないキスと、愛撫の嵐だ。

キスが終わる頃にはもう、陽菜に抵抗する力は残っていない。

はあはあとベッドの上に身を横たえる陽菜の前で、本郷が荒々しくスキンの包装を破る。そしてそれを装着した。

慣れた手つきに彼の過去を感じ取って、陽菜は嫉妬してしまう。

彼の過去を陽菜は知らない。でもきっと、天と地ほどの経験の差があるだろうことは分かる。

「陽菜?」

ほんの一瞬の動揺を、本郷は見逃さなかった。

「あ……」

陽菜はきゅっと唇を噛みしめ、「あなたみたいに上手くできるか分からないんです」と零してしまう。

けれど陽菜の弱音に返ってきたのは、触れるだけのキスだった。

「何を考えているかなんとなく分かるけど、前にも言っただろう?　俺がこんなに必死で求めるのは、今も昔も陽菜だけだよ」

「本当に……？」

「もちろん」

だから、と本郷は続けた。

「――俺に、陽菜をくれる？」

イエス以外の選択肢はない。

「苦しかったら俺の首に手を回して。大丈夫、優しくするよ」

そう言って本郷は陽菜の中に腰をうずめていく。そしてすぐに眉根を寄せた。

「きっつ……陽菜、深呼吸をして」

本郷が陽菜に覆いかぶさったまま、耳元で囁(ささや)く。言われるまま陽菜が深く呼吸をすると、より深く入ってきた。

他ならない彼によって解(ほぐ)されたそこは、ゆっくりと本郷をくわえ込む。

苦しいのは最初だけだった。その後は体の中心にうめ込まれる質量と熱に、陽菜は酔いしれる。

「……全部、入ったよ」

「本当？」

信じられない。それが正直な感想だ。

「ああ。動いていい？」

陽菜はこくん、と頷く。すると本郷は何かを堪えるように告げた。

「優しくする。でも俺も余裕がないから……ごめん」

そう言って一度引き抜くと――一気に腰を打ち付けた。

「あっ……！」

陽菜の喉から声が上がる。思わず背中に回した両手の爪を立ててしまい、本郷が一瞬顔をしかめた。けれどその直後「大丈夫、俺に掴まっていて」と艶っぽく笑う。

吐息を漏らす陽菜に、本郷はますます強く打ち込んでくる。

初めこそ探るようなものだったが、気付けば激しさを増していた。

陽菜は自身に打ち込まれる太い熱に必死に耐える。その圧迫感についていくのがやっとだったのに、内側から言葉にできない感覚が広がっていった。

「ん、っ……あ、凄っ……！」

「陽菜、可愛い。声を聞かせて」

「やあ、んっ……！」

声を我慢する余裕なんて、もうどこにもない。

膣の内側を緩急をつけて揺さぶられ、次第に陽菜はその律動に合わせるように自ら腰を振っていた。

無意識に本郷の熱をきゅっと締め付けると、彼は「くっ」と苦しげに顔を歪ませる。

「目を開けて、俺を見て」

「奏介さん……？」

「陽菜は気付いてた？　この二か月間、君は俺を避けていた。でも、目は違ったんだ」

「目……？」

ふっと微笑する本郷は壮絶なまでに艶めいていて、陽菜は視線を奪われる。

「たまに視線を感じると君はじっと俺を見ていた。それも普通の目じゃない。物欲しそうな、『女』の目だ」

今の君みたいにね、と本郷が唇の端を上げた。

「な……ぁっ、ん……！」

まさか彼にそんなふうに見られていたとは思わず、陽菜は咄嗟に否定しようとする。

しかし激しい律動で声が出ない。喉から漏れるのは、耳を塞ぎたくなるような甘い嬌声だけだ。

「それなのに、俺が話しかけようとすると君は視線を逸らす。でも、気付けば見ている。その繰り返しだ」

「それはっ……！」

試されている気がしたよ、と荒い吐息混じりに本郷が告げる。

「陽菜、お願いだ。——諦めて、俺のものになって?」

瞬間、本郷は陽菜の体を起こして反転させた。

先程まで陽菜がいた場所には今、本郷が横になっている。彼の上に大きく脚を広げてまたがっているのは、陽菜自身だ。

普段の穏やかさなどかなぐり捨てて、一心に陽菜を求める男の視線に囚われる。

「いい眺めだね」

「これ、やだぁ……!」

突然の騎乗位に陽菜は腰を浮かそうとするが、本郷はそれを許さず、ぐんっと下から腰を打ち付けた。

「あっ……!」

誘うように揺れる豊かな双丘に、彼は手を伸ばす。

指先で先端に触れられると、それだけで声にならない快感が駆け抜けた。

喉の奥から漏れそうになる快感の悲鳴を唇を噛んで堪える。しかし本郷が、「ダメだよ」ときゅっと先端をつまんだ。

「そこ、いじらないでっ……」

「どうして?」

答えなんて分かっているくせに、本郷はわざとらしく首を傾げる。

「だって、変な声が出ちゃう……！」

だからお願い、いじらないで。

懇願する陽菜に、本郷は笑みを打ち消した。

「エッロ……！　陽菜、最高、可愛い」

「恥ずかしいから、ねえ、んっ……！」

陽菜の制止の声など聞こえないというように、本郷が腰を激しく上下する。その間も両手で、揺れるまろやかな胸を揉みしだいた。

正常位の時よりもいっそう深くに本郷を感じる。

（おかしくなりそうっ……！）

もう、声を我慢することは無理だ。

膣の中を激しく――それなのにどこまでも優しく突かれ、陽菜は次第にその律動に合わせて腰を振る。

どうすれば本郷が喜んでくれるのかは分からない。今はただこの快感に身を任せたかった。

この人が欲しい。

本能でそう思う。

陽菜は半ば無意識に片手を本郷の頬へ伸ばした。すると、彼がその手をまるで宝物のように包み込み「最高」と吐息混じりに呟いた。

「陽菜は、気持ちいい？」

下からダイレクトに感じる快感で、陽菜は答えを口に出せないままふるふると首を横に振る。

本郷は「なら、もっと気持ち良くなってもらわないとっ……！」と言い、いっそう強く自身を押し付けた。

「あっ……ゃ、もうっ……！」

親指で陽菜の陰茎をつぷり、と押しつぶす。その瞬間、陽菜の体は大きく跳ねた。

（だめっ……！）

体の全てを一から作り変えられるような感覚。自分が自分でなくなってしまうような、強烈な快楽だ。

（もう、戻れない）

この温かさを、本郷に抱かれる気持ち良さを知ってしまった。

「いいっ……！」

嬉しくて、それなのに胸が締め付けられて、陽菜の目尻から涙がぽたりと流れる。それは本郷の腹部へ落ちた。

「気持ち、いいよぉっ……！」

思わず叫んだ陽菜の声に、本郷が体を起こす。

「――っ！」

「んっ、んっ……」

二人は舌と舌を絡め合った。

互いの唾液で唇の端を濡らしながらも、呼吸する間もないほど口づけを交わす。

陽菜は本郷の背中に両手を回し、ぎゅっとしがみついた。本郷はキスを深めつつ、律動を速めていく。

全てが初めての感覚だ。

体の奥まで突かれ、陽菜は容赦なく全身を刺激される。

挿入が繰り返される度に粘着音が耳に届く。自分と本郷の口から洩れる言葉にならない吐息、重なり合う肌から伝わる温度――

「好き……」

昨日まで言葉にするのが難しかった二文字が、するりと零れ落ちる。

「奏介さんが、好きっ……！」

離したくない、離れたくない。

もう何も、考えられない。

視界が歪み、意識が爆ぜる。

「――陽菜っ……！」

絶頂を迎えた陽菜はふわりと抱きしめられる。そして自分を求める声を聞いたのだった。

◇

柔らかな感覚にゆっくりと意識が浮上していく。ぼんやりと瞼を開けた陽菜の目に最初に映ったのは、ベッドに横たわり自分を見つめる本郷だった。

一目で視線を奪われた整った顔立ち。誰もが魅了される優しい眼差し。少し薄い形の良い唇……

彼の全てに心が掴まれ、我知らず陽菜は彼の逞しい胸に身を寄せる。

触れ合う素肌が心地良かった。

「……痛いところはない？」

陽菜を労わる声が愛おしい。

体は全体的に重く気だるいけれど、特に痛むところはない。

大丈夫です、と言いかけた陽菜は途中で止まる。喉が掠れて、上手く声が出なかった。

それはつまり、喉が嗄れるくらいに激しく喘いだということだ。

途端に自分の乱れた姿がありありと思い出されて、陽菜は枕にぽすっと顔をうずめた。

それを見ていた本郷が、くすりと笑う。「ちょっと待っていて」とベッドサイドに置いてあった水を取ってきてくれた。ペットボトルの蓋(ふた)を開けて、陽菜へ差し出す。

陽菜はシーツを巻き付けたままの体を起こして、それを受け取る。口をつけると、ひんやりとした心地良さが喉を伝った。

「……ありがとうございます」

「どういたしまして」

本郷は「おはよう」と言って、陽菜のこめかみに触れるだけのキスをした。

二人はなんとはなしにじっと見つめ合う。

「おいで」

しばらくして本郷がふわりと微笑み、両腕を広げた。一瞬迷った後に、陽菜はその胸に身を任せる。

彼は左手で陽菜の頭を抱え込み、右手で滑らかな黒髪を優しく撫(な)でた。

トクン、トクンと本郷の鼓動が聞こえる。

それが温かくて、気持ち良くて、幸せで……それなのに切なくなった陽菜は、何も言わずに彼の背中に回した両手にきゅっと力を込めた。

「ねえ、陽菜。伝わった？」

本郷の胸に抱かれたまま、「何がですか？」と聞き返す。彼はくすりと笑った。

「俺がどれだけ陽菜を愛しているか。足りないなら、もっと体に教え込んであげるけど？」

その言葉に陽菜はがばりと顔を上げる。

陽菜を見つめる瞳はとろけるように甘くて、色っぽい。体を繋げたばかりだからか、その視線には陽菜への愛情が溢れていた。

「……充分、伝わりました」

恥ずかしい。それなのに嬉しくてドキドキする。

赤くなっているだろう顔を見られまいと、陽菜はシーツを口元まで引き上げる。けれど本郷が「隠しちゃダメだよ」と簡単にそれを取り払った。

「ねえ、一つ俺と約束をしよう」

「約束？」

「これから先、もしも『自分に女性としての魅力がない』なんて落ち込みそうになったら、すぐに俺に言うこと」

口の端を上げて笑いながら言う。

「どうして、そんな約束を？」

陽菜が首を傾げると、彼は微笑む。

「その度にこうやって抱きしめて、陽菜がどんなに素敵な女の子か俺が教えるから」

そう言って本郷は、陽菜をもう一度強く抱きしめたのだった。

エピローグ

「――陽菜さん、本当にごめんね！」

本郷と恋人同士になって少し後のこと。彼の家に遊びに行った陽菜を迎えたのは、半泣き顔の美波だった。

彼女は陽菜を見るとすぐに抱き着いてくる。

「美波さん……」

陽菜は驚きながら、華奢（きゃしゃ）な体を受け止めた。

美波は陽菜にぎゅうっとしがみつき、潤（うる）んだ瞳で見上げてくる。普段メディアで見る自信に満ち溢れた彼女とは大違いだ。

困惑した陽菜が恋人のほうを見ると、彼は「俺たちのことを話してからずっとこうなんだ」と苦笑した。

その後リビングに移動しても、美波は陽菜の隣を離れず、涙目で言う。

「邪魔をしようなんてつもりは全然なかったの。ただ、兄さんが女性の話をすることなんか滅多にないから気になっちゃって……同じ会社の人だとは聞いていたし、ひょっとして陽菜さんのことかなって気付いたの。だから付き合っているのか聞いたんだけど、陽菜さんは否定するし……」

そこで本郷が口を挟む。

「実際、あの時はまだ付き合っていなかった。俺が口説(くど)いてる最中だったのに、お前が余計なことを言うからややこしくなるんだ」

「兄さんは黙ってて！　元はと言えば、兄さんが隠すのがいけないんでしょ!?」

「妹に恋愛相談なんてしないさ」

「……へーえ。婚活パーティーで上手くいったって、浮かれて私に話したのは誰だったかしら？」

「明け方電話してきたのはそっちだろ。あの時だって、お前との会話を聞かれて大変だったんだから」

「兄さん、知ってる？　そういうのを自業自得って言うのよ」

ぽんぽんと交わされる兄妹の会話。それを目の前で見ていると、どこからどう見ても二人は兄妹なのだと分かる。

何よりもモデルの美波ではない素の「本郷美波」は、年の離れた兄に反抗する可愛らしい妹にしか見えなかった。

そんな彼女に嫉妬していたのかと思うと、自分自身に呆れる。

気付けば陽菜はくすりと笑っていた。

「私こそごめんなさい、美波さん」

「……陽菜さん？」

「気になるなら素直に聞けばいいのに、変に怖がって自分の中に閉じこもってしまいました。だから謝るのは私のほうです」

頭を下げようとすると、美波が慌てて止める。

「陽菜さんが謝ることなんてないよ。でも……もし私のことを許してくれるなら、これからも仲良くしてくれる？　モデルの美波としてじゃなく、本郷美波として」

今の陽菜に断る理由なんてどこにもなかった。

「私で良ければ、喜んで」

笑顔で見つめ合う二人を、本郷が複雑そうな顔で見守っていた。

◇

春、陽菜が企画した新ブランドのアクセサリーは大々的に全国の店頭に並んだ。

女性向け雑誌はもちろん、テレビＣＭにも力を入れたことが功を奏し、売り上げは当初の予定を大きく超えて日々右肩上がりだ。

それと比例するように、イメージモデル兼デザイナーの美波の露出は今まで以上に増えている。

昼休みに会社近くのコーヒーショップに寄った陽菜は、雑誌コーナーで美波が表紙のものを見つけた。それを手に取ってソファ席に座り、ブラックコーヒーを飲みながらページをめくる。

「……いつ見ても可愛いなあ」

「『こんな子が自分の妹になるなんて信じられない！』とか思ってる？」

突然の声に雑誌から顔を上げると、胡桃が対面に座るところだった。仕事でこの近くに立ち寄ったらしい。

「妹って何言ってるのよ、胡桃」

「だって本郷奏介と結婚したら、いずれ彼女は義理の妹になるわけでしょ？」

「なっ……結婚って、まだそんな話は一度も出てません！」

冗談よ、と胡桃は肩をすくめた。

「でもまさか、あんたの想い人があのタチバナグループの御曹司だったとはねえ。父の関係で立華会長とは何度かお会いしたことがあるけど、そんな秘蔵っ子がいるとは知らなかったわ」

――本郷と恋人同士になった後、陽菜は経緯を含めて胡桃に話していた。

「あんたのことだからこれからも色々悩むんでしょうけど、コーヒー一杯で相談に乗ってあげるわ」

「ありがとう、胡桃」

陽菜はふわりと微笑む。すると胡桃は一瞬目を見張った後、苦笑した。

「……その感じじゃ、しばらく私の出番はなさそうね」

「え……？」

首を傾げると、胡桃はしっかりとこちらを向く。

「陽菜、綺麗になったわ。本郷さんに愛されているのが伝わってくる」

「あ、愛されてるって……」

「あら、違う？」

「……違わない」

からかうような問いに、陽菜は薄らと頬を染めながらも、はっきりと答えられた。

その後胡桃と別れ、昼休憩内ギリギリに会社へ戻る。

すると小宮が「本郷課長が探していましたよ」と教えてくれた。

「戻ったら第一会議室に来てほしいとのことです」

「分かったわ、ありがとう」

伝言を受け取った陽菜は、そのまま会議室へ向かった。

『これから先、もしも「自分に女性としての魅力がない」なんて落ち込みそうになったら、すぐに俺に言うこと――その度にこうやって抱きしめて、陽菜がどんなに素敵な女の子か俺が教えるから』

初めて共に迎えた朝。本郷はそう言って陽菜を抱きしめてくれた。そしてあの日から今まで、彼は陽菜が不安になる間もないくらい愛情を注ぎ続けている。

メールでも言葉でも、陽菜への愛情表現を惜しまなかった。

日々雨のように降り注ぐ甘い言葉の数々。それは週末のデートの時に留まらず、社内で二人きりになった時も変わらない。

まさに「溺愛」という言葉が相応しい毎日に、陽菜は降参してしまっている。

ちなみに陽菜は「二人の交際を公にしたい」と言う本郷を必死に止めた。

『お願いですから、社内では今までどおり上司と部下でお願いします！』

どうして、と不満そうな顔をする恋人に懇願する。

『そうじゃないと心臓が持ちません。……ドキドキして、仕事にならないわ』

だからお願いします。

そう上目遣いで頼むと、彼はなんとも言えない表情をした後、ため息交じりに承諾したのだった。

そんなことを思い出しながら、会議室に入る。

「失礼します」

すると、「陽菜」と言いながら恋人が迎えた。

悪びれないその様子に苦笑する。

社内で名前呼びは禁止です、と言っても本郷は「二人きりの時なら構わないさ」と言って聞かない。他の社員の前では「朝来主任」と呼ぶので、陽菜は諦めつつあった。

「俺がどうして呼んだか、分かっているよね？」

陽菜は静かに頷く。

「自己申告書についてですね」

年が明けてしばらく経ち、今、社内は次年度へのスタートを切り始めている。

社員は今期の自己評価と今後のキャリアプラン、部署異動の希望などを自己申告書に記載して提出していた。

陽菜もつい先日、上司である本郷に提出したばかりだ。

「——営業部に異動希望というのは、本気？」

そう。陽菜は営業部への異動を希望していた。

『営業職を希望します』

申告書を前にした陽菜は、半ば無意識にそう書いていた。陽菜自身そんな自分に驚いたけれど、それと同じくらいすとんと腑に落ちている。

「理由を聞いてもいい？」

見上げると、本郷は穏やかな眼差しで陽菜を見つめていた。

「奏介さんと同じ景色が見たくなったんです」

その答えに本郷が息を呑んだ。陽菜は続ける。

「きっかけは、初めてのデートでした」

本郷から営業職の話を聞いてなんとなく興味を持った。そして彼を深く知るにつれて、関心が深まっていったのだ。

決定的だったのは、橋本から話を聞いた時。知らないところで本郷が陽菜を見てくれていたと知った、あの時だ。

「私は商品企画部の経験しかありません。多分、営業部に行っても初めのうちは失敗ばかりでしょう」

本郷はじっと陽菜の話に耳を傾けている。その眼差しがあまりに優しいので、陽菜は安心して話すことができた。

「でもいつか、昔の奏介さんに負けないくらいの営業マンになって、『花霞といえば朝来』と言われるようになりたいんです」

本郷は静かに陽菜を見つめている。

「営業職は楽な仕事ではないよ」

「覚悟はしています」

緊張や不安はもちろんある。しかし今はそれ以上に楽しみだった。

大好きな彼と同じ経験をして、いつの日かあっと言わせることができたら――認めてもらえたらと想像すると、ドキドキする。

「……そんな顔をされたら、応援しないわけにはいかないな」

目を瞬かせる陽菜に、本郷は「楽しみで仕方ないって顔だよ」と笑った。

「――陽菜ならできるよ」

そして陽菜の前髪をかき上げて、額に唇を落とす。

「でも俺も負ける気はないから。――部署が変わってしまっても、何かあればいつでも相談にのるよ。同じくらい、叱ってしまうかもしれないけどね」

悪戯っぽく目を細めて、本郷が言う。

「頑張れ、陽菜」

その笑顔を心に焼き付けて、陽菜もまた微笑んだのだった。

書き下ろし番外編

永遠の誓い

三月中旬。

冬特有の刺すような寒さは和らぎ、ほのかに春の訪れを感じられるこの日、陽菜の姿はとあるバーにあった。

平日の夜ということもあってか店内の客の数はさほど多くない。そんな中、陽菜が選んだのは店の最奥の席。ここなら入り口からも死角になっているし、あまり人目につかないだろう。

何せ、待ち合わせ相手はとてつもなく目立つ人なのだから。

（美波さん、そろそろ来るかしら？）

現在時刻は午後八時過ぎ。待ち合わせ時刻から既に三十分以上経過している。雑誌の撮影後に直接向かうと言っていたが、おそらく仕事が押しているのだろう。しかし陽菜は焦らず待つことにした。

（美波さんも忙しいはずなのに、「会いたい」なんて言ってくれて嬉しいな）

『妹が会いたがっている』と恋人——本郷奏介に言われたのは昨夜のことだ。

『明日の夜、久しぶりにオフが取れたらしい。陽菜と二人で会いたいって言ってるんだ。あいつ行きつけのバーも既に予約してあるらしいけど……』

美波に会いたいと思っていた陽菜は「もちろん」と頷いた。しかし、妹の伝言を伝えた恋人の表情は冴えなかった。それどころか表情を曇らせて言ったのだ。

『……美波が一緒とはいえ、夜のバーに陽菜を一人で行かせるとか心配すぎる。明日は俺も用があって付き合えないし』

陽菜は「ただ飲みに行くだけで心配しすぎだ」と苦笑したが、奏介の渋い顔は治らない。彼はその後も『行かせたくない』『断っても全然いいよ』等と言っていたけれど、最終的には陽菜の外出をＯＫしてくれた。

（……奏介さんがあんなに過保護なんて、一緒に住むまで知らなかった）

陽菜と奏介が同棲を始めたのは、半年前のこと。

きっかけは、昨年四月の陽菜の社内異動。

一年前、陽菜は営業部への異動を希望した。

恋人と同じ景色が見たい、商品企画部以外の経験をしてもっと成長したい——そんな思いの下での希望は通り、この一年間は営業職として日々忙しなく働いている。

営業部所属の陽菜と商品企画部所属の奏介。

元は同じ課にいた二人だが、所属が変われば必然的に共に過ごす時間は減ってしまう。それを寂しく思った陽菜の気持ちを、奏介は見逃さなかった。

彼は言ってくれた。

『一緒に暮らそう』

『同じ家から出勤して、同じ家に帰る。一緒に食事をして同じベッドで眠る。俺は陽菜とそんな毎日を過ごしたい。そうすれば、何か辛いことがあればすぐに君を抱きしめることができるし、お互い不安になった時は一緒に解決できる』

『俺は、いつだって陽菜と一緒にいたいんだ』

以来半年、陽菜は奏介が望んだ通り同じ家から出勤し、彼のいる家に戻り、共に眠る——そんな毎日を送っている。

大好きな恋人と過ごす日々は、想像以上に楽しくて、幸せで……底抜けに甘い。

以前から奏介は陽菜にとても甘く優しかったけれど、同棲してからの彼はよりいっそう陽菜を甘やかした。

『可愛い』

『愛してるよ』

『陽菜以上に大切な人はいない』

『毎日、仕事中も君のことを考えてる。陽菜が家にいると思うと、早く帰りたくてたまらないんだ』

彼は呼吸するように甘い言葉を囁いた。砂糖菓子よりも甘い言葉の数々に、陽菜は半年経っても慣れることはない。

（でも、奏介さんが心配性なのは意外だったわ）

今日、陽菜が出かけることを最後まで渋っていた奏介。その姿を思い出しただけで自然と頬が緩んでしまうのは、彼の束縛を「嬉しい」と感じる自分がいるからだ。

「陽菜さん！」

その時、店内に涼やかな声が響く。はっと陽菜が声の方に視線を向けると、一人の女性がこちらに向かって大きく手を振っている。

（美波さん……！）

初めて出会った頃は特に十代を中心に人気があった美波だが、今や彼女の知名度は年代の枠を越えている。

何せ雑誌やＣＭ、テレビ……とあらゆるメディアに引っ張りだこで、彼女の姿を見ない日はないほどだ。

故に陽菜は極力人目につかない席を選んだのだが、当の本人は目立つことなど何も気にしていないらしい。その証拠に美波は自分に見惚れる周囲の視線など気にも留めず、陽菜の対面にすとんと座る。

「陽菜さん、久しぶり！　三か月ぶりかな？　会いたかったー！」

美波は、ぱっちりと大きな目をキラキラと輝かせる。彼女ほどの美女にこんな風に言ってもらえるのは嬉しい。しかし今は、自分たちに注がれる周囲の視線が痛い。

「ありがとう、美波さん。私も会いたかったわ。でも……その、変装とかしなくて大丈夫？」

「変装？　どうして？」

「美波さん、芸能人でしょ？」

自然と声が小さくなる陽菜とは対照的に、美波はおかしそうに笑った。

「必要ないよ。私は会いたい人と会っているだけで、隠さなきゃいけないことなんてしてないもの」

はっきりと言い切る姿からは貫禄さえ感じられて、陽菜は感心した。それは他の客も同様だったらしい。ここまで堂々としているとかえって話しかけづらいようで、こうして話している間も声をかけてくる人はいなかった。

「それより、陽菜さんの方が心配。私が来るまでの間、誰かに声をかけられなかった？」

「私が？　まさか、美波さんじゃないもの」

兄妹揃って心配しすぎだ。苦笑する陽菜を美波はじいっと見つめる。

「……これじゃあ兄さんが心配するのも無理ないわ」

「奏介さん？」

「そうよ。兄さんったら、私といる時も陽菜さんの惚気（のろけ）しか言わないもの。『陽菜が可愛い』『好きすぎてやばい』『あんなに綺麗な女性は他にいない』って、ずーっと言ってるの」

「それはなんというか……ごめんなさい」

謝るのもおかしな話だが、それ以外の言葉が見当たらない。すると美波は肩をすくめて言った。

「ああ、それはいいの。私も一緒に『そうだよねー！』って盛り上がってるから」

「そ、そう」

「――とにかく、陽菜さん。あなたは自分が思っている以上に美人なの！　可愛いの！　色っぽいの！　もう少しその自覚を持たないと駄目だよ」

「ええっと……」

美貌の芸能人にそんなことを言われても。しかし戸惑う陽菜を美波は見逃さない。

「分かった？」

「わ、分かったわ」

気圧されて頷くと、美波は納得いったように頷く。

「さて、と。今日ここに来てもらったのは、会いたかったのはもちろんだけど、陽菜さんに渡したいものがあったからなの」

「渡したいもの？」

美波はにっこり微笑むと、バッグから一冊の雑誌を取り出した。その表紙を見た瞬間、陽菜は反射的に目を見開いた。

すぐにそれを受け取り表紙を見つめる。そこに写っていたのは、ウェディングドレス姿の美波。その輝くばかりの美しさに、誌面上にもかかわらず見惚(みと)れてしまう。

「……綺麗」

「ふふっ、陽菜さんにそう言ってもらえると嬉しい」

照れる姿さえ美しい。

「そっか、ここのイメージモデルに選ばれたのよね。奏介さんから聞いてはいたけど……すごい。本当に素敵……」

美波の美しさについ気を取られてしまったが、この雑誌は日本で最も有名な結婚情報誌である。そんな有名雑誌の看板を飾るなんて、さすがは美波である。

「これは試し刷りだけど、内容は発売するものと一緒のはずよ。少しは役に立つと思って持ってきたの」

「ありがとう。でも、どうしてこれを私に？」

こんなにも綺麗な美波を見られたのは、もちろん嬉しい。しかし、彼女が自慢するために渡すとは考えにくい。

「どうしてって、今の陽菜さんに必要だと思ったからよ」

そして、美波は言った。

「――陽菜さんと兄さん、結婚するんでしょう?」

◇

午後十時過ぎ。帰宅後シャワーを浴び終えた陽菜は、ソファに座るなり深く息をつく。

美波の言葉が耳から離れない。彼女の口ぶりは、まるで陽菜と奏介の結婚が決まっているようだった。

(……結婚、か)

同棲して半年、恋人になってからは一年以上。

互いの年齢を考えれば、結婚するだろうと美波が思うのも無理はない。なんといっても彼女は常日頃、兄から陽菜の惚気(のろけ)を聞かされているらしいから。今日の彼女との会話で陽菜はそれを充分すぎるくらい知らされた。

自分よりよほど顔立ちの整っている美貌の兄妹にそう言われるのは、恥ずかしい。しかし、恋人の妹に慕ってもらえるのはやはり嬉しくて。

そんな彼女に「陽菜さんがお姉さんになるなんて嬉しい!」とキラキラした目で言わ

れては、とてもではないが言えなかった。

『結婚どころかプロポーズもまだなの』

『というか、結婚自体あまり意識していなかったわ』

なんて。

（私の年齢で一年以上付き合っていれば、「そろそろ」と思うのも普通……よね）

もちろん陽菜とて一度も考えたことがなかったわけではない。結婚するなら、相手は奏介以外の男性など考えられないし、この先もずっと彼と一緒にいたいと思う。

それにもかかわらずこの一年間、「結婚」の二文字を具体的に考えなかったのは——ただただ、幸せだったから。

愛する人の腕に抱かれて眠り、目覚める。

自分だけを真っ直ぐ見つめてくれる人がいる。

自分の全てを無条件に受け止めてくれる人がいる、という安心感。

奏介は、いつだって溢れるほどの愛情を陽菜に注いでくれる。だから不安になることはなかったのだけれど、美波に言われた時、微かに胸が疼いた。

不安だからではない。「彼はどう思っているのだろうか」という疑問を抱いたからだ。

——奏介は、結婚を意識しているのだろうか。

目の前のローデスクの上には、例の結婚情報誌がある。表紙を飾る美波はやはり美しい。改めて感嘆の息をついた、その時。

「――陽菜？」

「っ……奏介さん！」

背後からかけられた声にはっと立ち上がる。すぐに振り返ると、スーツ姿の奏介がリビングの扉の前に立っていた。一体いつ帰宅したのか、声をかけられるまで全く気配に気付かなかった。

「ただいま」

奏介はネクタイを引き抜きながら顔を綻（ほころ）ばせる。優しくて穏やかなその眼差（まなざ）しに、陽菜の表情も自然と柔らかくなる。

「おかえりなさい」

陽菜はそのまま彼のもとに行こうとして、はっとした。

（雑誌、出しっぱなし……！）

背後のローデスクの上には結婚情報誌が堂々と鎮座している。彼の妹に貰ったのだから、何もやましい物ではない。しかしこれでは、暗に結婚を迫っているように捉（とら）えられる可能性がある。

もちろん陽菜にそんなつもりはないし、仮にそう捉（とら）えられたとしても、奏介は気分を損ねるような男ではない。しかし変な誤解をされるのも困る。

「陽菜？」

奏介は不思議そうに目を瞬かせる。いつもなら、どちらかが帰宅したら自然と「おかえりなさい」のハグをする。故に、いつまでもソファから動かない恋人を奏介が訝しむのは無理もなかった。

「……何かあった？」

「えっ！　いいえ、特に何も……！」

「嘘だね。それにしては様子がおかしすぎる」

はっきり指摘されるほど今の自分は挙動不審らしい。

目の前には愛する恋人、後ろには結婚情報誌。そして明らかに様子のおかしい自分。

こんな状況で奏介をごまかせるはずもなく。奏介は陽菜のもとへやってくると、ローデスクの上から結婚情報誌を手に取った。

「これ……」

「美波さんに貰ったんです！」

遮るように陽菜は言った。しかしその先が続かない。

「結婚」の二文字が頭にちらついて、どんな反応をすればよいのか分からなかったのだ。

奏介はそんな陽菜の隣でペラペラと雑誌をめくり始める。そして最後までざっと見終えると、パタンと閉じた。

「これが、陽菜が慌てている原因？」

「……はい」

　こうなってはごまかしきれない。陽菜は、消え入りそうなほど小さい声で、結婚を匂わせていると捉(とら)えられたらと思うと不安だったのだ、と告げる。すると奏介は「そんなこと思わないよ」と苦笑した後、静かに言った。

「陽菜、座ってくれる？」

　一体何を言われるのだろう。

　妙な緊張と心配を抱いた陽菜は、促(うなが)されるままソファに座る。一方の奏介は隣には座らず、なぜかその場に跪(ひざまず)いた。そして俯(うつむ)く陽菜の顔を覗き込む。

「――今日、本社に呼ばれて行ってきたんだ」

「え……？」

　反射的に顔を上げる。てっきり雑誌について切り出されると思っていただけに、予想外の話だったのだ。目を丸くする陽菜を前に、奏介はゆっくりと続けた。

「俺の伯父がタチバナグループの会長なのは、前にも話したね。いずれは俺がその後を継ぐことも」

「……はい」

　目の前の彼は、日本を代表する巨大グループの後継者だ。しかし奏介は御曹司の立場をひけらかすような男ではない。そのため普段はあまり意識することはない。そんな彼がどうして突然、こんなことを言い出したのか。しかも、雑誌を見た直後に。

分からなくて、困惑する。

その不安ははっきりと表情に表れていたらしい。奏介は、自ら(みずか)の両手をそっと陽菜の手に重ねた。

「そんなに不安そうな顔をしないで。怖い話なんてしない。ただ、報告と——俺の覚悟を聞いてほしいんだ」

「報告と……覚悟？」

奏介は頷く。

「今日、伯父に言われた。来月の四月から、親会社——立華の副社長に就任しないかって。そして俺はそれを承諾した」

「じゃあ、花霞は」

「退社することになるね」

「っ……！」

元々部署が違うのだからさほど変わらない、なんて思えなかった。

四月から会社に奏介がいない。その事実に胸が痛い。

「これが、報告。もう一つ聞いてほしいことは——陽菜。俺は今日、伯父に君の存在を伝えてきた」

「私を？」

陽菜にとって会長は雲の上の存在だ。そんな人物に自分の存在を明かすなんて、と驚く陽菜に対して奏介は力強く頷いた。

「『大切な人がいる。生涯を共にしたいと心から思える、最高に素敵な女性だ』って。伯父は驚いていたけれど、そんな人がいるということを心から喜んでくれた」

会長が喜んでくれたことは嬉しい。でも今はそれよりも気になることがある。

「生涯を、共に……？」

そうだよ、と柔らかな声がする。

「陽菜。俺は、陽菜が思っている以上に君のことが好きなんだ。誰よりも愛おしく想っているし、この気持ちはこの先何年経っても変わらないと自信を持って言える」

だから、と。

奏介は跪(ひざまず)いて、陽菜を見つめた。

「——俺と、結婚してくれませんか？」

突然のプロポーズに息を呑む。そんな陽菜に、奏介は変わらず笑みを湛(たた)えて愛の言葉を贈る。

「系列企業の課長と中核企業の副社長とでは、仕事内容も責任の重さも変わってくる。

初めのうちは一緒に過ごす時間も減るだろうし、すれ違いの生活になるかもしれない。

それでも俺は、陽菜といたい。今までと同じように一緒に朝を迎えて、夜に眠りたい。――

これからは、家族として」

家族、と消え入りそうな声で反芻する陽菜に奏介は頷いた。

「いつ言おうかとずっと考えていた。君と恋人になった日から……いいや、君に出会った時から、結婚する相手は陽菜だけだと心に決めていた。それを今日まで言わなかったのは、恋人として過ごす時間も最高に幸せだったからだ」

それは、陽菜が心に抱いていた想いと同じだった。

奏介もそうだったのだという驚き。そんな彼に結婚を申し込まれているという現実に胸が詰まって……心が震えて、声が出ない。

「でも、そろそろ次の段階に進みたい」

目の前の恋人がゆっくりと頭を垂れる。そして陽菜の左手薬指に光るリングの上にそっと唇を落とす。

まるで、刻印するように。

「陽菜」

奏介は微笑む。

陽菜の大好きな、陽だまりのように暖かくて優しいその笑顔。

「夫として君を守り支える権利を、俺にください」

こんなにも心震えるプロポーズがあるだろうか。

夢なら醒めないでほしい。一生このままこの幸せな空気に包まれていたい。しかし自分を見つめる熱い視線がこれは現実だと教えてくれる。

この先もずっと、彼の瞳は変わらないのだろう。

何年経っても——たとえ共に白髪が増えたとしても、奏介は甘く蕩けるような視線で陽菜を見つめてくれるのだろう。

互いに皺だらけになった手を強く握りしめてくれるのだろう。

そんな光景が鮮やかに目に浮かぶ。

ならば答えは、一つだけ。

「……はい」

涙で滲んだ瞳に愛する人を映し、陽菜は言った。

「奏介さん。私にも、妻としてあなたを支える権利をください」

そして二人は、強く抱きしめ合う。

——かつて陽菜は、「恋がしたい」と思っていた。

しかし自分には無理だと諦めかけた。そんな後ろ向きな陽菜を変えたのが、奏介との出会いだ。

たくさんすれ違って、たくさん泣いた。だが奏介はそれ以上に陽菜を愛し、愛される喜びを教えてくれた。誰かを想い、想われる幸せを教えてくれた。

そんな奏介を大切にしたいと、陽菜は心から強く思う。そして彼もきっと同じことを考えているはずだ。

「愛してるよ、陽菜」

「私も愛しています。奏介さん」

温もりに抱かれながら、陽菜は心からの笑みを浮かべたのだった。

本書は、2018年5月当社より単行本として刊行されたものに、書き下ろしを加えて文庫化したものです。


この作品に対する皆様のご意見・ご感想をお待ちしております。

おハガキ・お手紙は以下の宛先にお送りください。

【宛先】

〒150-6008 東京都渋谷区恵比寿4-20-3 恵比寿ｶﾞｰﾃﾞﾝﾌﾟﾚｲｽﾀﾜｰ8F
（株）アルファポリス　書籍感想係

メールフォームでのご意見・ご感想は右のＱＲコードから、
あるいは以下のワードで検索をかけてください。

ご感想はこちらから

エタニティ文庫

今宵、彼は紳士の仮面を外す

結祈みのり

2021年10月15日初版発行

文庫編集－熊澤菜々子
編集長－倉持真理
発行者－梶本雄介
発行所－株式会社アルファポリス
〒150-6008 東京都渋谷区恵比寿4-20-3 恵比寿ｶﾞｰﾃﾞﾝﾌﾟﾚｲｽﾀﾜｰ8F
TEL 03-6277-1601（営業） 03-6277-1602（編集）
URL https://www.alphapolis.co.jp/
発売元－株式会社星雲社（共同出版社・流通責任出版社）
〒112-0005 東京都文京区水道1-3-30
TEL 03-3868-3275
装丁イラスト－蜂不二子
装丁デザイン－ansyyqdesign
印刷－中央精版印刷株式会社

価格はカバーに表示されてあります。

落丁乱丁の場合はアルファポリスまでご連絡ください。

送料は小社負担でお取り替えします。


ISBN978-4-434-29479-2 C0193